3

名著典藏版

DIE LEIDEN DES JUNGEN WERTHER

少年維特的煩惱

約翰・沃夫岡・歌德
Johann Wolfgang von Goethe —— 著

目錄

作品導讀

熾熱無悔的愛戀

——歌德和他的作品

約翰・沃夫岡・歌德（一七四九—一八三二），偉大的詩人、作家，德國古典文學最重要的代表。

一七四九年八月二十六日，歌德出生在緬因河畔的法蘭克福。他的父親拉斯帕爾・歌德頗有財產、學識淵博，擁有法學博士學位，但仍然遭受貴族的蔑視，於是買了一個皇家顧問的空頭銜，被迫賦閒在家，三十九歲才與家境清寒的市長女兒結婚。在這樣的家庭裡成長的歌德，一方面能夠接受很好的教育、享受悠閒的生活，另一方面也感染到對貴族社會的厭惡情緒。歌德六歲開始跟隨家庭教師學習德文、拉丁文、法文、數學以及《聖經》，從小喜歡自然科學和文學藝術。一七六五年，在父親的堅持下，歌德違背自己的意願，到萊比錫大學學習法律，但未修完課程便因病回家。一七七〇年，歌德進入斯特拉斯堡大學繼續學習法律，並加入狂飆運動，成為該文學運動的代表人物。一七七四年秋，書信體小說《少年維特的煩惱》出版，立即風靡德國乃至於整個歐洲，歌德一舉成名。一七八二年，德意志皇帝封歌德為貴族，稱為馮・歌德。一七七五年十一月，歌德來到威瑪，次年進入威瑪公國宮廷參政，開始了近十年的從政生涯。一七八六年九月，他到義大利遊歷，而且持續數年，為他日後的寫作提供了豐富養份。歌德一生創作極為豐富，寫作活動長達六、七十年之久，經歷了德國文學史上狂飆運動、古典主義和浪漫主義三個階段，直到一八八三年三月二十三日去世，享年八十三歲。歌德為世人留下大量的詩歌，以及戲劇、小說、散文等各種體裁的文學作品與理論著作，特別是不朽巨著《浮士德》，對世界文學藝術有著十分重要而深遠的影響。

一七七〇年至一七八五年間，由於受到法國啟蒙運動思想家盧梭的影響，德國產生了聲勢浩大的資產階級反封建的文學思潮，即狂飆運動，這是因作家克林格爾的同名劇《狂飆》而得名。它反對封建桎梏和虛偽的道德風尚，要求創作自由和個性解放，主張返歸自然，推崇天才，在文學上強調民族風格。當時，歌德正在斯特拉斯堡大學讀書，結識了狂飆運動者，尤其是學識與文法都非常傑出的文藝理論家赫爾德爾，在他的影響下，歌德廣泛閱讀了荷馬、莪相、品達洛斯的作品，還有莎士比亞的戲劇以及英國啟蒙作家的小說，並收集整理民歌、研究斯賓諾莎的泛神論哲學，對他未來的創作發展之路具有深遠的意義。歌德積極投身於狂飆運動，自他發表了著名的演講《莎士比亞紀念日》，此一文學運動開始走向高潮，他的《少年維特的煩惱》和席勒的《陰謀與愛情》成為狂飆運動文學的代表作。

歌德所處的時代，戰爭與革命此起彼伏，如七年戰爭、法國大革命、拿破崙遠征、英法之戰等，使得他洞悉人類生活與命運的嚴酷；而他與各類天才如席勒、莫札特、貝多芬、盧梭、萊辛之間的交往，又使他的思想更為深刻，視野更加廣闊。一七八八年，歌德與劇作家、詩人席勒相遇，開始了他們之間一生的友誼。一七九四年，席勒為自己籌畫中的雜誌《時代女神》邀請歌德，之後合作完成了諷刺短詩《克塞尼恩》（即《警句》）。一七九七年，兩人又相互競賽創作敘事詩，歌德寫作了《掘寶者》、《魔術師的門徒》、《神和芭雅德娜》、《科林斯的未婚妻》等，這一年在德國文學史上稱為敘事詩年。兩位文學巨人共同將德國古典文學推向了一個前所未有的高度。

歌德的詩歌體裁包括抒情詩、自由體詩、敘事詩、牧童詩、悲歌、歷史詩等。在敘事詩方面，一七七三—一七七四年創作的敘事詩《魔王》，後由舒伯特作曲而成為世界名曲；一七九七年創作的《科林斯的未婚妻》，堪稱敘事詩中的《浮士德》。在抒情詩方面，七十四歲時創作的《馬里恩巴德悲歌》，有人把它稱作老年詩人的「天鵝之歌」；小說《威廉・邁斯特》中的兩首《迷娘》和《歌手》，是歌德抒情詩中的絕唱，包括貝多芬在內的無數音樂家都曾為之譜曲。在自由體詩方面，有著名的《普羅米修士》、《浪跡者的暴風雨之歌》等。他的《東西詩集》堪稱德國詩苑中的一朵奇葩，其中的詩歌大部分寫於一八一四—一八一五年。當時正值法國大革命時期，為了逃避現實，歌德轉而沉浸於研究東方文化，受其啟發而創作了這部內容複雜的《東西詩集》，有人把它比作《神曲》。在這部詩集中，歌德為自己披上波斯詩人的外衣，將一切事物都塗抹上神祕的東方色彩，深刻地表達了自己的人生觀、宗教觀和宇宙觀。

歌德在一七七三—一八三一年完成的哲理詩劇《浮士德》，是德國文學中最傑出的作品、世界文學中的不朽名著，是堪與荷馬史詩、莎士比亞戲劇媲美的偉大詩篇。《浮士德》取材於德國十六世紀關於浮士德博士的傳說，他塑造了一個不斷探索人生真諦、不斷進取的形象，體現了資產階級上升時期追求真理、自強不息的精神，也是德意志民族優秀傳統的反映。浮士德是和善、光明、理性的代表，是人類創造力的代表，他一方面不滿現實，追求理性與光明，企圖以資產階級啟蒙思想家提出的理想王國來寄託其理想，另一方面又感到消極和苦悶，兩者在浮士德身上不斷地發生矛盾、鬥爭。詩劇中的梅菲斯特是「否定的精靈」，作為浮士德的對立面出現，是對人的理性和創造力的否定。詩人交替使用現實主義和浪漫主義的手法，深刻展現出浮士德和魔鬼梅菲斯特的善與惡、進取與消沉的辯證發展關係。《浮士德》內容博大、想像豐富、結構嚴謹，現實主義和浪漫主義的寫作手法使詩篇既有強烈的現實感，又有玄妙的虛幻感，不愧為巨匠手筆。

此外，歌德還創作了詩劇《哀格蒙特》、《伊菲格尼在陶立斯島》等，以及小說《少年維特的煩惱》、《威廉・邁斯特》兩部曲《戲劇使命》和《漫遊時代》、《親和力》、自傳體小說《詩與真》等。

歌德對自然科學頗有廣泛研究。一七八四年，他開始研究骨骼學，同年發現了人的齶間骨，為人類係由脊椎動物進化而來提供了證據。後來，歌德相繼研究了植物學、昆蟲學、光學、化學，並完成了《植物形變論》、《光學論文集》等。

歌德一生的愛情生活豐富而曲折，充滿浪漫情調，而且每一次戀愛都讓他創造出優美動人的詩篇。早在歌德十七歲的時候，他愛上了飯店老闆之女格蘭欽・辛克普，並寫出詩集《安涅臺》；在斯特拉斯堡大學期間，歌德與塞森海姆鄉村牧師的女兒弗莉得里凱・布里溫相愛，寫下了《五月之歌》等；一七七五年，歌德與法蘭克福一位銀行家的十六歲女兒麗麗・斯涅曼訂婚，度過了「一生中最激動、最幸福的時光」，寫下《新的愛，新的生活》、《湖上》、《秋思》等；一七七六年，歌德與比自己大七歲的斯坦因夫人相愛，寫出《無休止的愛》等；一七八八年，歌德愛上二十三歲的製花女工克莉斯蒂安・烏爾皮尤斯，為她寫下《羅馬悲歌》，並於一八〇六年十月十九日結婚；一八〇七年，歌德喜歡上書商弗里曼十八歲的養女維爾赫米涅・海茨利普，為之寫下許多十四行詩。歌德七十四歲時經歷了一次傳奇式的愛情，他愛上了十九歲的伍爾里凱，著名的《馬里恩巴德悲歌》就是這時寫的。

在歌德一生無數的戀愛經歷中，唯有一次令他欲愛不能、悲痛欲絕，也因此寫出《少年維特的煩惱》，從而震驚歐洲文壇，一夕成名。儘管歌德後來創作出表現人類自強不息的精神和光明燦爛未來的壯麗頌歌——《浮士德》，然而，他之所以享譽世界、家喻戶曉，卻是因為這本書信體小說《少年維特的煩惱》。

一七七二年，歌德在威茨拉爾帝國高等法院實習期間，與年輕的法學家克施托納爾相識並成為至友。然而，在一次舞會上，歌德卻被克施托納爾的未婚妻夏洛蒂・布福深深地迷住了。夏洛蒂有著一雙藍色的眼睛，純真可愛，令歌德陷入熾熱的愛情中不能自拔。儘管他的朋友沒有怨恨，夏洛蒂對他也很友善，但是歌德卻感到痛苦絕望，因此想到了自殺。四個月後，歌德毅然選擇了離開。一個多月之後，歌德在萊比錫大學的一個同學在威茨拉爾自殺了，原因是愛慕同事的妻子遭到嘲弄，工作中受到上司的挑剔，社交場合上又受到貴族的侮辱。一七七四年，女作家索菲羅歇十八歲的女兒馬克西米琳娜嫁給法蘭克福的一名富商，歌德以前認識她，因此交往甚密；馬克西米琳娜的丈夫比她大二十歲，為人粗俗，竟然和歌德發生了激烈的衝突。這件事深深地刺痛了歌德，這些年來的種種遭遇在他心中不斷湧現，令他悲憤不已，由此誕生了《少年維特的煩惱》。

然而，《少年維特的煩惱》並不只是一部個人的愛情悲劇，它的價值在於表現了一個時代的煩惱、苦悶和憧憬。小說出版之際的一七七四年，歐洲正處於由封建制度向資本主義制度的過渡時期，啟蒙運動已深入人心，強調「個性解放」和「感情自由」，年輕的一代渴望打破等級界限，建立合乎自然的社會秩序和人與人之間的平等關係。但是，現實並沒有理想的那樣光明，資產階級在同封建貴族的較量中大多敗下陣來，社會似乎仍然在黑暗中徘徊，因而在資產階級陣營中滋生出悲觀、傷感的情緒。同時，德國狂飆運動正在興起，它提倡回歸自然，追求個人的自由和全面發展。在這樣的時代背景下，《少年維特的煩惱》不僅揭示了年輕一代與社會現實之間的矛盾，也反映了他們在對抗泯滅個性的封建專制時的軟弱，以及在理想破滅後自殺的悲劇結局。《少年維特的煩惱》採用書信體的形式，其詩意的語言、濃鬱的傷感氣息、細緻入微的心理描寫，使它在藝術上取得很高的成就。

在小說《少年維特的煩惱》中，剛剛經歷愛情磨難的主角維特，隱居到一個「幽靜沉寂」的地方，在美麗的大自然懷抱中，他受傷的心靈漸漸復甦。坐落在一個小山崗旁的瓦爾海姆是他喜愛的地方。由於一次舞會，維特與夏綠蒂相遇並一見鍾情，但夏綠蒂已與阿爾伯特訂婚。維特內心無限痛苦，絕望之中去了公使館擔任文職，然而仍不得志，憤然辭職後又來到夏綠蒂身邊。但此時的夏綠蒂已經結婚，維特多情善感卻得不到愛情，最後飲彈自殺。

維特是一個受啟蒙思想影響而覺醒的青年。他熱愛自然、追求自由獨立的人格，蔑視等級制度和法律道德，厭惡封建貴族，無視階級偏見，親近瓦爾海姆的平民，同情失戀而自殺的少女和尋求婚姻自由而犯罪的青年農民。然而，面對現實的不平等，維特卻無能為力，只能「恨不得用利劍刺破自己的胸膛」，「鮮血會平息我心中的怒火」，使「躁動不安的靈魂獲得永恆的自由」。在夏綠蒂的愛情中，維特得到了慰藉，那是面對殘酷的現實卻無可奈何的最後庇護所，就如同他深深地沉浸在荷馬和莪相的詩篇中一樣。他對夏綠蒂的愛是那樣熾熱，因此「當我陪伴在夏綠蒂身邊的時候，時常連續兩、三個小時欣賞她優美典雅的舉止、精妙雋永的言談。我是如此全神貫注，激動、緊張、亢奮交織在一起，令我頭暈目眩，以致於眼前發黑、耳朵什麼也聽不見、喉頭如窒息般難受、心兒狂跳不已。我竭力讓自己鬆弛下來，可事與願違，反而更加迷亂了」；「這個時候，我自己也不清楚是否還活在這個世界上！」然而，維特的性格又是軟弱的，在那樣令人窒息的社會環境下，他的愛情必然是走上絕路，最後只能以自殺來尋求解脫。

夏綠蒂是個純真無邪、聰慧美麗的姑娘，她一方面感受到新思潮的影響，儘管同阿爾伯特訂了婚（後來結了婚），但仍然與維特交往並善待維特；另一方面，當她「猛然感覺到，自己竟暗暗地在希望著一件事——儘管她不肯承認——把維特留給自己」的時候，「她立刻斷然否認」，並屈從於傳統道德，無意去抗爭、去反叛。因此，當她意識到維特即將結束生命的時候，顯得那樣無能為力。

在歌德筆下，阿爾伯特是一個前後有所變化的人。在第一編中，阿爾伯特是個豁達大度、善良而高尚的人，「一位無法不對他產生好感、能幹而溫和的人」。但在第二編中，阿爾伯特卻變成一個感情冷漠的人。比如，維特在告訴威廉那個曾經單戀過夏綠蒂的瘋子的情況時，這樣寫道：「我之所以把這段文字寫成這個樣子，是因為阿爾伯特就是這樣無動於衷地告訴我的。」同時，在維特眼中，阿爾伯特還是竭力維護法律道德的人，儘管那些道德法律是如此沒有人性。當維特滿懷希望想要拯救那個犯了罪的青年農民，阿爾伯特卻站在法官這一邊。之後維特在一張紙條上寫了這樣一句話：「有什麼用呢？儘管我反反覆覆地對自己說：他是個好人，一個正直的人，但我卻依然心亂如麻，眼前的事實讓我該怎麼評論他啊！」

狂飆運動主張一切回歸自然，在《少年維特的煩惱》中，關於自然的描寫幾乎無時不在，大自然在維特的心中神聖無比：他陶醉於自然，讚美自然，主張藝術皈依自然，親近所有自然的人——純樸的村民和兒童。就連他對夏綠蒂的一見鍾情，也是因為她天真可愛，保持了少女的自然本性。歌德用精湛的文筆將大自然描繪得富於詩情畫意，以景物烘托出人物的心理歷程，猶如一首哀怨淒美的人生悲歌。

在歌德這樣一位偉大詩人的心中，《少年維特的煩惱》究竟占有怎樣的地位呢？歌德晚年的時候曾經對他的祕書說，《少年維特的煩惱》是他「用自己的心血哺育出來的，它包含了大量出自我心靈的東西，以及大量的情感和思想，這些足夠寫一部比它長十倍的小說。」在德國和歐洲文學發展史上，《少年維特的煩惱》堪稱一個重要的里程碑。

少年維特的煩惱

我盡力蒐集一切關於可憐維特的故事，將它呈獻給你。在你閱讀這本書之後，一定會對維特的精神與性格感到敬佩與愛慕，爲他不幸的命運流下同情的眼淚。

和維特一樣心靈倍受煎熬的人呵，從他的痛苦中去尋找慰藉吧！如果你的生命中錯過了知心的人，就讓這本小書做你的朋友吧！

第一編

一七七一年五月四日

真的很高興，我終於走了！人的心真奇怪。我離開了你，離開了難捨難分的摯友，竟然會感到高興！不過，我的朋友，我知道你會原諒我的。

由於命運的安排，讓我結識了另外幾個人，擾亂了我這顆原本就不安寧的心，可是我並沒有做錯什麼呵！可憐的蒂奧諾萊，她妹妹的非凡魅力令我一見傾心，卻使她深陷於痛苦之中，這難道是我的錯？然而，我真的沒有錯嗎？我就不曾助長她對我的感情？當她流露真情的時候，我就不曾沾沾自喜，並當眾用這件事來取笑她嗎？我就不曾……唉，人真是一種習慣自怨自艾的奇怪動物。

親愛的朋友，我絕對不會再像過去那樣地生活了，總是把一點點的痛苦反覆咀嚼。我會及時享受生活，過去的就讓它永遠過去吧。正如你所說，如果人們不是那麼沒完沒了地陷入對往昔痛苦的回憶中——只有上帝才知道為什麼把人造成這個模樣——而是盡情地享受生活的樂趣，那人世間的痛苦就會少一些。

請轉告我的母親，我將盡力處理好有關遺產的事，並及時寫信告知她。在此我只簡要地說明一下：我已經見到姑媽，她並不像我們在家時所談論的那樣刁鑽刻薄，而是一位熱心坦率的夫人。對於她扣下部分遺產而不加以分配這件事，我向她轉達了我母親的不滿，她則耐心地解釋了這麼做的理由，以及要她交出全部遺產的條件；也就是說，她所要給予我們的，將比我們所要求的多得多……請我的母親不必擔心，一切都會好起來的。唉，我發現，這個世界在諸如此類的小事情上，誤解與成見往往會鑄成比詭計與惡意更大的錯誤。

我在這裡感到非常愉快，幽靜沉寂的環境正是醫治我內心創傷的靈丹妙藥，明媚的春光溫暖了我時常感到寒顫的心。這裡就像人間伊甸園，每一株樹、每一排籬笆上都有繁花盛開，我真想變成一隻金甲蟲，自由地遨遊在馥郁的香海中，盡情地吮吸甘美的雨露和花蜜。

這裡的城市並不舒適，但郊外的自然景色卻優美秀麗，也許正是這個原因打動了已故的M伯爵，才決定把花園建在一座小山丘上。像這樣的小山丘，在曠野中到處可見，它們縱橫交錯，千姿百態，山丘之間形成一道道幽靜迷人的峽谷，景色美不勝收。伯爵的花園布局十分簡潔，一望便知不是出自高明的園藝家之手，而是出自一顆渴望獨享寂靜而敏感的心。在破敗不堪的小亭裡，看著眼前荒蕪的花園，追憶它已故的主人，我不禁潸然淚下。這個小亭是他生前最喜歡的地方，如今則令我流連忘返，而不久之後，我也將成為這座花園的主人。

我到這兒才沒幾天的時間，看守園子的人已經對我產生了好感，我想我搬進去後也不會虧待了他。

五月十日

一種奇妙的歡愉充溢著我的心靈，讓我感覺甜蜜得就像陶醉在春天清爽的早晨。這裡彷彿是專為有著與我同樣心境的人創造的，我身陷其中，獨自享受著生的樂趣。我是多麼的幸福啊！

我完全沉湎於寧靜生活的感受中，根本無心作畫，哪怕一筆也不行，以至於荒廢了我的藝術事業；然而現在的我，卻比任何時候更配得上被稱作一個偉大的畫家。每當那可愛的峽谷一片雲蒸霞蔚，明亮的太陽懸掛在樹梢，將萬丈光芒照射進幽暗的密林深處時，在水花飛濺的山泉畔，我躺臥在茂密的綠草叢中，細心地觀察著大地上的千百種小草，感覺到葉莖之間那個熙熙攘攘的小小世界——數不盡、道不明的形形色色小蟲子、小飛蛾——與我的心貼得更近了。於是，我感受到創造人類的全能上帝的存在，感受到將人類託付於永恆歡樂海洋的博愛天父的氣息。

然後，當我的視線變得朦朧，周圍的世界和天空就像我愛人的形影一樣安靜地停泊在我心中時，我常常會有一種急切的渴望：如果我能將一切重現，把那些栩栩如生的、溫暖地活在我心中的形象，一口氣吹到畫布上，使它成為我靈魂的鏡子，就如同我的靈魂是無所不在的上帝的鏡子一樣，那該有多好！然而，假如我真的這麼做，一定會招來毀滅。那壯麗的大自然啊，我將在它的威力下命斷魂銷！

五月十二日

不知是我富於幻想，還是附近有頑皮的精靈，我總是感覺周圍的一切如同伊甸園般美妙。

距離城外不遠處有一口井，我像美人魚美露西娜①和她的姊妹一樣，深深地迷戀上它。在一座小山丘腳下，經過一個涼棚，再走下二十級臺階，便可以看見大理石岩縫中湧出的一泓清澈泉水。那繞井而築的矮牆、枝葉濃蔭的大樹、空氣中瀰漫著的清涼，一切的一切都有一股誘人的力量，令人怦然心動。

城裡的姑娘們時常到這裡來打水，這是她們最平常且必須幹的活，古時候就連公主們也要做這樣的事。每當我坐在井泉邊，總是浮想聯翩，眼前鮮活地顯現出古代社會的各種景象，彷彿看見他們歡聚在這裡，或者會友，或者聯姻，無數善良的精靈在周圍翩翩飛舞……啊，如果誰沒有同樣的感受，誰就不曾在夏日的長途跋涉後，暢飲過沁人心脾的甘泉。

①美露西娜，法國民間傳說中的美人魚，後來流傳到德國，收錄在民間故事中。

五月十三日

你問是否需要寄書給我？我的朋友，看在上帝份上，懇求你別讓它們來煩擾我。我的心已經夠不平靜的了，不需要再受到鼓舞和激勵。我只需要催眠曲，而荷馬①的《奧德賽》就是我的催眠曲，為了讓沸騰的血液冷卻，我常常輕聲哼唱這支曲子。

我的摯友，這世上沒有什麼東西像我的心一樣反覆無常、變化莫測。你不是已無數次見過我倏忽從憂鬱變為喜悅、從傷感變為興奮，因而為我感到擔憂嗎？我自己也把這顆心當作生病的孩子一樣呵護，總是對他有求必應。

①荷馬，西元前八世紀左右的盲詩人，著有《伊利亞特》、《奧德賽》，合稱「荷馬史詩」。

五月十五日

周圍的村民們已經認識並喜歡上我了，特別是那些孩子們。剛開始的時候，我主動去接近他們，友好地與他們攀談，有幾個人卻以為我是拿他們尋開心，態度很粗暴，但我並不生氣。

不過，自從來到這裡，我對一種社會現象倒有了切身的體會，那就是一些有地位的人總是對平民擺出冷淡疏遠的態度，似乎接近平民會損害他們什麼。而他們之中有些輕薄的人，表面上裝出一副屈尊俯就的模樣，骨子裡卻想著讓平民們嘗嘗他傲慢的滋味。

我清楚自己與他們不是同一類人，而且也不可能是。在我看來，如果有人認為遠離所謂的下等人才能保持尊嚴，那他和懼怕失敗而逃避的懦夫一樣可恥。

前不久，我在井泉旁遇見一個年輕的女僕，當時她正把裝滿清亮泉水的水甕放在最低一級的臺階上，然後東瞅西望，等著同伴來幫她把水甕頂在頭上。我走下臺階，望著她問道：「需要幫助嗎，姑娘？」她頓時滿臉通紅，低著頭小聲地說：「噢，謝謝您，先生！」

「別客氣！」我高興地說。

她把墊環放在頭上，我幫她頂好水甕，她道了謝，然後登上臺階去了。

五月十七日

我結識了形形色色的人，但仍然沒找到可以交心的朋友。我不清楚自己有什麼吸引人的魅力，可以讓那麼多人喜歡我，願意與我親近。然而，正因為如此，我又為只能和他們同行一小段人生路而感到難過。

你問這裡的人怎麼樣？我只能告訴你，他們和別地方的人一樣，人類不都是一個模子鑄出來的嗎？為了生活，大多數人不得不在忙碌中度過大部分時間，對剩餘一點難得的閒暇時光，卻反而不知所措，總是想方設法地揮霍掉，這就是人類的命運啊！

當地人蠻善良的，我時常忘記自己的身分，和他們一起享受人間的歡樂，或在豐盛的宴席上開懷暢飲、縱情談笑，或舉行郊遊、舞會，這些都讓我的心情得以放鬆和舒緩。只是，偶爾我會想起還有許多才能沒施展，正在發黴腐爛，從而不得不小心翼翼地把它們收藏起來。每當想到這一點，我的心就會一陣痙攣，但我對此毫無辦法。無人理解且被人誤解，這便是我這種人的命運！

噢，我的愛人永遠地走了，安息在仁慈的上帝懷抱！每當想起她，我就不禁淚流滿面地對自己說：「你真是個傻瓜，你所追求的是人世間並不存在的東西。」可是，我確實曾經擁有過她，深切地感受過她溫柔的心和偉大的靈魂。因為有她相伴，我彷彿覺得自己也更有價值，她使我成為一個最充實的人。仁慈的主啊，那時的我還有哪一種才能沒有充分發揮出來呢？在她面前，我不是能夠把心中各種奇異的情感全都抒發出來嗎？我和她交往的情景，不就是一幅用柔情、睿智、幽默織成的美麗錦緞嗎？而如今……唉，她年輕的生命先我而生，竟也先我而去！我永遠不會忘記她，不會忘記她那堅定的意志與非凡的耐性。

幾天前，我認識了一個名叫V的青年，V給人的印象是外表英俊、為人坦率。他剛從大學畢業，儘管沒有以才子自居，卻總認為自己比別人的學問多。不過，根據我的觀察，他的確有一定的學識，而且也挺勤奮。當他聽說我會畫畫，還懂希臘文——在這裡可算得上兩大奇技——便來找我，把他淵博的學識都抖了出來，從巴托①談到伍德②，從德・皮勒③談到溫克爾曼④，並說他已經把蘇爾澤⑤的理論第一卷通讀了一遍，還收藏了一部海納⑥研究古典文學的手稿。對他所說的一切，我不置可否。

我還認識了一位很不錯的人，他是侯爵任命的地方法官，為人忠厚坦誠。據說，無論什麼人見到法官和他的九個孩子在一塊兒的歡樂情景，都會發自內心地感到高興，尤其對他的大女兒，人們更是讚不絕口。法官已邀請我去他家做客，我打算盡早前去拜訪。他一家人住在侯爵的獵莊，離城大約一個半小時的路程，自從妻子去世之後，城裡的家總讓他回想起往日的美好時光，並因此陷入難以自拔的痛苦，於是侯爵請法官舉家搬遷到獵莊裡住。

此外，我還見識了幾個行為古怪的人，他們的一舉一動都讓人受不了，尤其是他們對人的那股親熱勁兒。

就此擱筆，下次再聊吧。你一定喜歡這封信，它完全就是一篇寫實文章。

①巴托（一七一三—一七八〇），法國美學家，法國藝術哲學的奠基人。

②伍德（一七一六－一七七一），英國著名的荷馬研究學家。
③德·皮勒（一六三五－一七〇九），法國畫家，美術理論家。
④溫克爾曼（一七一七－一七六八），德國考古學家，古代藝術史學家。
⑤蘇爾澤（一七二〇－一七七九），瑞士美學家。
⑥海納（一七二九－一八一二），德國古典語言學家，古希臘文學研究學家。

五月二十二日

人生如夢啊！許多人和我一樣有這般的感受。

我發現，人類的創造力和洞察力常常受到制約。人類的一切活動無非是為了延長生命，除此之外毫無意義；而人們從探索的成果中獲得慰藉，那也不過是夢幻者的虛妄，正如一個居於斗室的人將四壁塗抹成五彩繽紛、絢麗多姿的圖畫一樣。威廉，這一切令我無可奈何，只好回到自己的內心深處，去尋找一個屬於我的世界。在我的心靈世界裡，更多的是依賴於感覺和朦朧的渴望，而不是依賴於創造性與活力。周圍的一切對我來說是模糊不清的，我如同生活在夢中一般，繼續對著現實的世界微笑。

那些學者們一致斷定，小孩子是不知何所欲求的。不過，在我看來，豈只是孩子，成年人不是同樣滿世界東奔西跑，同樣不知自己從哪裡來、又將往哪裡去，同樣做起事來毫無目的，同樣受餅乾、蛋糕和鞭子的支配。

讀了上面一段文字，我知道你會說些什麼，那麼，我樂於向你承認：那些能夠像孩子一樣懵懵懂懂地生活的人，他們是最幸福的。小孩子可以帶著洋娃娃四處玩耍，把它們的衣服反反覆覆地脫掉、穿上；可以圍著媽媽藏點心的抽屜轉來轉去，如願以償後就大吃起來，嘴裡被食物塞得滿滿的，還嚷嚷著「還要，還要！」像這樣的人才是幸福的。另外還有一種人，他們對自己的無聊行徑和欲望加以漂亮的粉飾，美其名曰為人類造福，他們也是幸福的——願上帝賜福給這樣的人吧！

面對這一切，假如人們採取寬容的態度，將會有怎樣的結果呢？在這個世界上，如果每一個豐衣足食的平民都循規蹈矩地生活，將自己的小花園變成人間天堂，而不幸的人也甘願承受重負，繼續艱難地走在自己的人生道路上，那麼，人們就能心安理得地生活，創造一個屬於自己的心靈世界，並為自己身為一個人而感到無比幸福。這樣，儘管人們在現實中處處受到限制，但心靈卻永遠是自由的，只要願意，隨時都有權利選擇離開這座人間監獄。

五月二十六日

對我來說，只要有個安靜的角落就滿足了，只要一間簡簡單單的小屋，其他條件概不講究。在這裡，我也發現了這麼一個吸引我的地方，它的名字叫瓦爾海姆。

瓦爾海姆離城約一小時路程，坐落在一個小山崗旁，景色優美，令人陶醉。山崗上植被茂密，綠樹蔥蘢，山崗下溪流潺潺，清澈明亮，歡快地流向遠方。沿著山崗上的小路往村裡走，整個山谷便盡收眼底。我真的喜歡上瓦爾海姆，這個美麗的小山村。

我的房東是一位上了年紀的婦人，為人殷勤豁達，時常請我喝葡萄酒、啤酒和咖啡。不過，這裡最令我滿意的，是挺立在教堂前兩株高大的菩提樹，枝繁葉茂，綠蔭映罩，四周點綴著農家的房舍、倉庫和院子，以及錯落有致的農田。一切是那麼幽靜、安詳，我常把桌椅搬到菩提樹下，悠閒地喝咖啡、讀荷馬。

一個風和日麗的午後，我第一次來到菩提樹下。人們都到農地幹活去了，這裡顯得異常安靜，只有一個約莫四歲的小男孩盤腿席地而坐，懷中還摟著一個半歲左右的嬰兒。小男孩靜靜地坐在綠蔭下，一對黑眼睛活潑地瞅來瞅去，小弟弟乖乖地躺在他的雙腿上，正自得其樂地吮著手指。我被眼前的情景深深地迷住了，便坐在他們對面的一張犁頭上，興致勃勃地畫起來。一小時後，我便完成一幅布局完美、構圖有趣的素描，完全用寫實的手法，沒有摻雜一丁點兒個人的思想。畫中，小哥兒倆安靜地待在一起，身後是籬笆、倉門以及幾個破車轂轆。

這次經歷和感受，增強了我今後皈依自然的決心。只有自然，才是無窮豐富的；只有自然，才能造就真正偉大的藝術家。

誠然，一個按規矩培養出來的畫家，絕不至於畫出拙劣乏味的作品，就像守法謹慎的市民，絕不至於成為一個討厭的鄰居或惡棍一樣。但是，從另一個角度看，所有的這些陳規戒律，都會破壞我們對自然的真實感受和真實表現。或許你會說：「規則只是起著節制和剔除枝蔓的作用，並不會對我們有如此大的影響。」那麼，我的朋友，我給你打個比方，你就會看清一切的。比如談戀愛。一個青年傾心於一個姑娘，整天和她廝守在一起，耗盡全部精力和財產，只是為了時時刻刻向她表達愛情，表達他的一片至誠。可是，有一個庸人卻對青年說：「小夥子呀，戀愛是人之常情，沒有必要如此天天守候，你應該像大多數人一樣愛得有分寸。你要好好地分配一下時間，一部分用於工作，休息的時候才去陪伴愛人。你還要好好地安排自己的財產，首先滿足生活所必需的，剩餘的錢才可以用來買禮物送她，不過也別經常這麼做，在她過生日或命名日的時候送送就行了。」如果青年聽從這些忠告，社會便多了一位有為青年，我也樂於向任何一位侯爵舉薦他做幕僚；可是他的愛情卻完了，假如他是個藝術家，他的藝術也徹底完蛋了。

親愛的朋友啊，天才的洪流為什麼難以洶湧澎湃、奔騰不息，掀起驚濤駭浪的狂潮？那是因為在洪流的兩岸，住著一些因循守舊、安於現狀的人，他們擔心自己的庭院、花園、苗圃被洪水沖毀，已經及時築起了堤壩、挖好了溝壑，阻斷了一切潮流。

五月二十七日

瞧，我只顧發表議論，竟然忘了告訴你那兩個孩子後來的情況。

傍晚的時候，一個青年婦女向我們走來，手腕上挎著個籃子，老遠就嚷著：「菲力浦斯，我的乖孩子。」她走近我們，向我問了聲好，隨後走到孩子們身邊。原來是孩子的媽媽。她一邊把半個麵包拿給大孩子，一邊抱起小嬰兒，滿懷母愛地親吻著。

「我讓菲力浦斯帶著小弟弟漢斯，」她說，「老大則跟我一起進城買麵包、糖和煮粥的砂鍋去了。」在掀開了一角的提籃裡，我看見了那些東西。接著，她又說：「我打算晚上給漢斯煮點粥。我的老大是個淘氣鬼，昨天跟菲力浦斯爭粥吃，把鍋給砸爛了。」

我問她老大在什麼地方，她告訴我在草地上放鵝。話音剛落，老大已一蹦一跳地跑過來，給了菲力浦斯一根榛樹鞭子。

我繼續和孩子們的媽媽閒聊，得知她是一位教師的女兒，丈夫因為繼承一位堂兄的遺產，到瑞士去了。「人家想騙他，」她說，「連信都不回，只好親自跑一趟。唉，他一點消息都沒有，但願別出什麼事。」

聽了青年婦女講述她的丈夫和家事，我的心情頗為沉重。離開前，我給孩子們一人一枚硬幣，也給了她一枚，讓她下次進城時買個白麵包回來，給最小的孩子吃。隨後，我們便道別了。

我的朋友，每當我心煩意亂的時候，只要遇見這樣平和善良的人，便可以安定下來。這樣的人往往對生活奢求不多，能夠接受命運的安排，過一天算一天，看見葉落時只會想到「冬天快來了」，而不會產生別的思慮。

從那以後，我時常來到菩提樹下。孩子們都和我混熟了，在我喝咖啡時，他們會得到糖吃，傍晚時分，還與我一塊分享奶油麵包和酸酪乳。每逢禮拜天，我總是給他們一人一枚硬幣，即使做完彌撒我沒有及時回家，也會請房東太太代為分發。

孩子們都信賴我，什麼話都願意對我說。每當有更多的孩子聚到我這兒來，玩得興高采烈，表露他們心底藏著的各種願望時，我更是感到無比快樂。

五月三十日

我在前不久的信中談到關於繪畫的想法，顯然也適用於寫詩，因為詩人所要做的是發現美好的事物，並毫無保留地表達出來。今天我見到了一個情景，只要照實寫出來，就是一首田園詩。然而，詩詞也罷，歌賦也罷，繪畫也罷，和我們親身經歷的各種自然情景比起來，實在是顯得蒼白無力。

我之所以這麼大發感慨，僅僅是因為一個青年農民。故事發生在瓦爾海姆——又是在瓦爾海姆——這裡的稀奇事可謂層出不窮。不過，我可能仍然像往常一樣講述得不怎麼好，而你大概也會像往常一樣認為我是誇大其詞。

教堂的菩提樹下，一群人聚在一起喝咖啡、聊天，我不太喜歡這些人，便找了個藉口坐到另一邊。

這時，一個年輕人從旁邊的農舍走出來，開始修理我曾經畫過的那張犁。他的外表給我的印象不錯，於是我上前主動和他搭話，不一會兒，我們已熟悉起來，而且無話不談。年輕人告訴我，他在一位寡婦家裡幹木匠活兒，女主人待他非常好。一提起女主人，他變得滔滔不絕起來，滿臉讚賞之色，一眼就看出他已經為她傾倒。他說，她已不算太年輕，由於受過已故丈夫的虐待，不準備再結婚了。從他的言語中我明顯地感覺到，在他眼裡她是那樣的美，那樣的動人，他多麼希望她能愛上他，讓他有機會為她撫平心靈的創傷。

要想準確地描述出他的傾慕、癡情與至誠，似乎只有逐字逐句地重複他的話，同時，還必須具備最偉大的詩人天賦，才能形象地描述出他那動人的神情、悅耳的嗓音、火熱的目光。不！我想，沒有任何語言可以表現出那整個內心與外表所蘊藏的柔情，即使我複述他的話，也會使一切變得淡而無味。最令我感動的是，他十分擔心我會對他們之間的關係產生不好的想法，懷疑她的品行。

當他講到她的容貌，講到她那已不再有青春魅力、卻強烈地吸引著他的身段時，神情更是感人，我惟有在心靈深處重溫舊夢，才能真正體會。如此純潔的愛戀，如此純潔的渴慕，我一生中從未見過，甚至也不曾想過，不曾夢見過。每當我回憶起這個純真無邪的戀人時，不由得熱血沸騰，眼前總是浮現出一個忠貞而又嫵媚的倩影，我彷彿也跟著他害起折磨人的相思。威廉，讀了這段文字，請別笑話我喲。

我多麼渴望馬上見到她呵，可轉念一想，還是避免見到的好，透過她情人的眼睛去看她，豈不是更好？假如她真的來到我面前，也許並非我想像中的模樣，我又何必去破壞這美麗的形象呢？

六月十六日

為什麼那麼久不給你寫信？

噢，你變成老學究了嗎，竟然提這樣的問題？你應該猜到……我過得很好，好得簡直……乾脆告訴你吧，我認識了一個人，她已經使我心無旁騖了。

這最可愛的人兒啊！要把認識她的經過有條不紊地告訴你，對我來說真是困難，因為現在的我快樂而幸福，不是一個好小說家了。

她是個天使！誰都這麼稱呼自己的心上人，不是嗎？我無法告訴你她有多麼完美，現在她完全俘虜了我的心。

她是那麼聰慧，又那麼單純；是那麼堅毅，又那麼善良；是那麼殷勤，又那麼嫻靜……

我說的這些全是廢話，空洞無物，俗不可耐，絲毫沒有描述出真實的她。等下次吧，下次……不，我現在就對你講，否則永遠沒有時間講了。坦白告訴你，在寫這封信的時候，我已經三次差點扔下筆，騎馬去她那兒了。不過，我早上已發過誓，今天不去看她，只是仍不時跑到窗前，看太陽還有多高，她是不是……

上帝啊，我到底沒能克制住自己，非去她那兒不可。現在我回來了，一邊吃著消夜——奶油麵包，一邊繼續給你寫信。威廉呀，當我看見她在一群活潑的孩子——她的八個弟妹——中間的時候，我的心是何等欣喜啊。

假如我繼續這麼寫下去，到最後你也是一頭霧水，摸不著頭腦的。好吧，我要強迫自己冷靜一點，把一切詳詳細細地告訴你。

我告訴過你，不久前我認識了一位法官S先生，他曾邀請我去他家作客，我卻把這件事拖了下來。要不是一個偶然的機會，讓我發現了那深藏在幽谷中的珍寶，說不定我永遠也不會去的。

這裡的年輕人要在鄉下辦一場舞會，我也欣然前往，並已答應了一位小姐的邀請。我們商定由我僱一輛馬車，帶我這位舞伴和她表姊一起出城去聚會的地方，順道接一下S家的夏綠蒂。

「您將認識一位很漂亮的小姐。」當馬車穿越砍伐過的森林，向著獵莊駛去的時候，我的舞伴說道。

「您得當心，」她的表姊說，「可別迷上她呵。」

「為什麼？」我問。

「她已經訂婚了。」我的舞伴回答，「他是一個挺不錯的年輕人，不過現在不在，他的父親剛去世，他去料理後事了，順便謀個體面的職務。」

這些消息對我來說是無所謂的，與我毫不相干。

到達獵莊的時候，太陽就快下山了，但我們仍然覺得挺悶熱的。天邊飄浮著灰白色的雲朵，小姐們擔心要下暴雨，那可就大煞風景了。我不斷地安慰她們，要她們儘管放心去參加舞會，好像自己精通氣象學似的，其實我心裡也認為今天的舞會要掃興了。

馬車在大門口停下來，我下了車，一名女僕請我們稍等一會兒，說小姐馬上就來。我走進大門，穿過院子，向那棟精緻考究的房子踱去。屋子裡傳來嘰嘰喳喳的聲音，彷彿裡面有不少人。我上了臺階，就在即將跨進門的那一刻，一幕我從未見過、最動人的情景映入了眼簾。在前廳裡，八個年齡在十一歲到兩歲之間的孩子，圍繞著一個年輕的姑娘，孩子們全都高舉著小手，急切地盼望得到自己那塊麵包。那位姑娘穿著雅致的潔白裙子，胸前繫著紅色的蝴蝶結，容貌娟秀，身材姣美。她手裡拿著黑麵包，正按照弟妹們不同的年齡和胃口，把它切成大小不等的塊狀，然後分給每個孩子。在做這些事的時候，她的神態顯得那麼慈愛。孩子們得到麵包後，一邊津津有味地吃，一邊往大門口方向去，有的飛快地跑，有的慢吞吞地走，他們想看看有些什麼樣的客人，看看夏綠蒂姊姊將要坐什麼樣的馬車出門。

夏綠蒂看到我，微笑著走過來，說：「請原諒，勞駕您進來，也讓小姐們久等了。」

「沒關係，夏綠蒂小姐。請允許我冒昧地向您介紹我自己，大家都稱呼我維特。」

「您好，維特先生，很高興認識您。」夏綠蒂問候道，聲音溫柔動聽。她接著解釋說：「因為要去參加舞會，我忙著換衣服、安排今晚不在家時要做的一些事情，結果忘了給孩子們吃晚餐。他們可是除我以外誰切的麵包也不肯吃的啊。」

「孩子們真可愛。」我由衷地說。不過，我心裡還有句話沒有說出來：比孩子們更可愛的是他們的姊姊。

「對不起，請稍等一下，我去拿些東西。」夏綠蒂說，然後就跑進屋子去了。

上帝啊，我的整個心靈都被夏綠蒂美好的樣貌、動聽的聲音、高雅的舉止給占據了，直到她跑開，從我的視線裡消失，我才從驚喜與慶幸中回過神來。

小傢伙們站在大門口，遠遠地瞅著我，我朝年齡最小、模樣也最漂亮的孩子走去，但他卻想避開我。

「路易士，跟這位哥哥握握手。」夏綠蒂正好出來了，手裡拿著手套和扇子。

小男孩這才大方地把手伸給我。我情不自禁地摟住他，熱烈地吻了他的小臉蛋，儘管他的小鼻頭上掛著鼻涕。

「哥哥？」我問道，「您真的認為我有福分做您的親戚嗎？」

「噢，」她嫣然一笑，「我們的表兄弟可多了，但願您不是其中很討厭的一個。」

臨走的時候，夏綠蒂囑咐年齡最大的妹妹蘇菲——一個大約十一歲的小女孩，要她照顧好弟妹，並在爸爸騎馬回來時向他問安。她又叮嚀小傢伙們要聽蘇菲的話，把蘇菲當成她一樣。幾個孩子答應要聽話，只有一個六歲左右、滿頭金髮的小機靈鬼卻嚷嚷道：「蘇菲不是妳，夏綠蒂姊姊，我們更喜歡妳。」

這時，最大的兩個男孩爬上了馬車，夏綠蒂不允許他們跟著，要他們下車。

兩個孩子用求助的眼光望著我，看他們那副可憐的模樣，我實在於心不忍，便代為求情，夏綠蒂這才同意他們坐到林子邊，條件是保證不打不鬧。

我們剛在馬車上坐定，小姐們便興致勃勃地聊起來，評價彼此的穿著打扮，特別是帽子，還對即將舉行的舞會議論了一番。正在興頭上，馬車已到達森林邊。夏綠蒂招呼停車，讓兩個弟弟下車，他們卻要求親親她的手再下去，夏綠蒂愉快地滿足了他們的要求。在吻姊姊的手時，大的那個表現得彬彬有禮，小的那個則顯得毛毛躁躁。他們倆下車後，夏綠蒂要他們代她問候弟妹們，隨後馬車繼續前行。

表姊問：「夏綠蒂，最近寄給妳的那本書讀完了嗎？」

「沒有，」夏綠蒂說，「我不喜歡這本書，可以還給您了，上次那本要好看些。」

我問是什麼書，夏綠蒂告訴了我，令我大吃一驚……①難怪她的談吐不凡，那麼富有個性，每聽她說一句話，我都會從她的臉龐上發現新的魅力、新的光輝。漸漸的，我們的交談更為融洽，她的臉龐似乎也更加愉快和舒展了，因為她感覺到我能瞭解她。

「在我年紀還小的時候，」夏綠蒂說，「我不喜歡讀別的書，就愛看小說。還記得有一個禮拜天，我獨自躲在一個地方，整個身心都沉浸在燕妮姑娘②的喜怒哀樂中，只有上帝知道我當時是多麼幸福！我承認，這類書現在對我仍然具有某種吸引力。不過，現在我讀書的時間很少，既然如此，那我所閱讀的書就必須十分符合我的口味。我最喜歡的作家能夠讓我發現我的內心世界，他所寫的彷彿就是我自己，使我感到有趣、親切，就像我每天的平常生活；儘管沒有天堂那麼美妙，但看起來卻是一種不可言喻的幸福源泉。」

聽了這番議論，我萬分激動，但仍努力地控制住情緒，沒有像往常一樣暢所欲言。不過我並沒有堅持多久，因為夏綠蒂很快就談到了《威克菲牧師傳》③以及……④竟是那麼富有真知灼見！我完全忘乎所以，開始長篇大論地談起來，把所知道的以及我的觀點全都講了出來，直到夏綠蒂轉過頭去和兩位姑娘搭訕，我才發現她們倆被冷落在一旁，連句話都插不上。

儘管舞伴的表姊不止一次對我做出嗤之以鼻的樣子，我也全然不在乎，我們的話題又轉到跳舞的樂趣上。

夏綠蒂說：「我樂於向你們承認，我不知道還有什麼比跳舞更快樂的事了，即使這種愛好在別人看來是個缺點。當我心情不好的時候，只要在我那架破鋼琴上彈一支英國鄉村舞曲，一切就都忘了。」

談話間，我盡情地欣賞她那黑色的明亮眼眸，而那活潑伶俐的小嘴和鮮豔爽朗的臉龐，早已攝走了我的魂魄。她非凡的談吐完全迷醉了我，到後來我已不知她在說些什麼了。威廉，你是那麼瞭解我，該想像得出當時的情形。當馬車平穩地停在聚會的別墅前，我像個夢遊者似地走下車來，神魂顛倒，周圍朦朧的世界已不復存在，就連從燈火輝煌的大廳飄來的陣陣樂聲，我也充耳不聞。

兩位先生，奧德蘭和某某（誰記得清那一長串名字啊），一位是表姊的舞伴，一位是夏綠蒂的舞伴，趕到馬車旁迎接我們，然後各自挽著舞伴朝大廳走去。

在舞池中，人們成雙成對地旋轉著，跳起法國小步舞。我依次和小姐們跳舞，但最令我討厭的偏偏最不肯放我走。後來，夏綠蒂和他的舞伴跳起了英國鄉村舞，在輪到我們交叉跳舞的一剎那，我心裡的感覺是何等甜蜜啊。看夏綠蒂跳舞真叫人大飽眼福。你瞧，她跳得那麼專注，那麼忘我，身體和諧之至。她是那麼無憂無慮、無拘無束，彷彿跳舞就是一切，除此便無所欲求。此刻，整個世界都在她眼前消失了。

我邀請夏綠蒂跳第二輪英國鄉村舞，她答應陪我跳第三輪，同時以世間最可愛的率真態度對我說，她太喜歡華爾滋了。

「從您剛才跳英國鄉村舞看得出，您的華爾滋也一定跳得不錯。」夏綠蒂說，

「跳華爾滋時，這裡流行和自己原配的舞伴共舞，只是我的舞伴華爾滋跳得太糟，他倒是非常希望我能另找一個舞伴；您舞伴的華爾滋跳得也不怎麼好，要是您願意與我共舞的話，那您就去請求我的舞伴同意，我也去找您的舞伴說說。」

聽完她的一席話，我激動地握了一下她的手。事情很快就談妥了，在我和夏綠蒂跳華爾滋時，她的舞伴陪著我的舞伴聊天。

美妙的華爾滋樂曲響起了！我和夏綠蒂以各種姿勢盡情地舞著，感覺十分開心，瞧她跳得多嫵媚、多輕盈啊。當時，華爾滋剛開始流行，它要求舞伴轉起圈來像流星一樣快，真正會跳的人很少，所以，一開始舞池裡就顯得有點亂糟糟的。我和夏綠蒂機敏地先在舞池邊跳，等那些笨蛋們跳夠了、退了場，才轉到舞池中間去，和奧德蘭那一對一起大顯身手。

我從來沒有跳得如此輕快過，簡直是飄飄欲仙了，手臂摟著一個無比可愛的人兒，帶著她如清風似地飛旋，周圍的一切都消失了……此時此刻，我敢發誓，我寧可粉身碎骨，也絕不讓這個我心愛並渴望占有的女孩，在和我共舞之後，再去和任何人跳舞。威廉呵，你理解我嗎？

幾圈舞之後，我們停下來休息。夏綠蒂坐在桌旁，很高興地吃著我特意擺放的、所剩不多的幾個橘子。只是每當她遞一瓣給身旁的姑娘，而那姑娘也不客氣地接過去時，我的心就像被劍刺了一下。

第三輪英國鄉村舞開始了。我勾著夏綠蒂的手臂，注視她那洋溢著無比歡愉、純潔無瑕的眼睛。我們跳著從行列中穿過，只有上帝知道我是多麼快活。不知不覺中，我們跳到一位夫人面前，她雖已不年輕，然而風韻猶存。只見她微笑地瞅著夏綠蒂，舉起一個手指來，像在發出警告似的，然後，在我們擦過她身旁時，意味深長地兩次提及阿爾伯特這個名字。

「我想很冒昧地問一下，誰是阿爾伯特？」我對夏綠蒂說。

她正待回答，我們卻不得不分開，以便做八字形交叉。在夏綠蒂和我擦身而過的一瞬間，我彷彿從她臉上看見了一絲疑雲。

「有什麼不能告訴您的呢？」她一邊伸過手來讓我牽著徐徐向前走，一邊說道，「阿爾伯特是個好人，我們可以說已經訂婚了。」

應該說，這對我本不是什麼新聞，姑娘們在路上已經告訴我了。可是，經過這段美好的時光，夏綠蒂對我來說已是十分珍貴，此刻提到這件事，頓時令我心煩意亂，手腳無措，竟然竄進別的對兒中，把整個隊伍攪得亂七八糟，害夏綠蒂費了很大的勁才恢復了秩序。

舞會還在進行中，忽然天邊電光閃閃，隆隆雷聲蓋過了音樂，三個正在跳舞的姑娘嚇得逃出行列，她們的舞伴尾隨其後，秩序頓時大亂，音樂伴奏也只好停了下來。毫無疑問，人在縱情歡樂之際突然遭遇不測與驚嚇，那印象肯定比平常來得更強烈和鮮明。因為，一方面，兩相對照反差太大；另一方面，我們的感官本已處於亢奮狀態，能夠更快地接受某種印象。姑娘們都嚇得變了臉色，其中一個姑娘躲在屋角，背朝窗戶，手捂著耳朵；另一個跪在她面前，腦袋埋在她懷中；第三個則擠在她們兩人中間，摟著女友，早已淚流滿面。有的姑娘要求回家，有的不知所措，連駕馭那些年輕追求者的心力都沒有了，只知道戰戰兢兢地祈求上帝，結果讓小夥子們有機可乘，放肆地親吻美麗的受難者，代替上帝接受禱告。

除了幾位膽子較大的先生在屋外抽菸，其餘的人都贊成別墅女主人的提議，聚集到一間有百葉窗和簾幔的屋子裡做遊戲。剛一進門，夏綠蒂便忙著把椅子排成一個圓圈，大家按照她的要求坐好，然後她便開始講解遊戲規則。我瞧見幾個小夥子已經嘟起了嘴唇，躍躍欲試，盼望著領取勝利者的獎賞了。

「喏，我們今天玩數字遊戲。」夏綠蒂說，「注意！我在圓圈裡從右向左走，你們則輪流報數，從一開始，一直到一千，每個人要報出輪到他的那個數，而且速度必須要快，誰要是結巴或報錯了，就吃一記耳光。」

這下子熱鬧了！只見夏綠蒂伸出胳膊，在圓圈裡走動起來，第一個人開始數一，第二個數二，第三個數三，依此類推。隨後，夏綠蒂越走越快、越走越快，這時有人數錯了，「啪」就是一記耳光，旁邊的人忍俊不禁，「啪」又是一記耳光。夏綠蒂的速度更加快起來，我也挨了兩記耳光，不過令我感到高興的是，我相信自己挨的耳光比其他人的都要重些。

還沒等數到一千，大家已經笑成一團，遊戲再也玩不下去了。這時暴風雨也已過去，好朋友們三三兩兩地聚在一起，我和夏綠蒂也回到了大廳。在半路上，夏綠蒂對我說：

「他們吃了耳光，倒把打雷下雨的事全都忘了。」

遠方傳來滾滾雷聲，春雨打在泥地裡，空氣中瀰漫著撲鼻的芳香，沁人心脾。

「其實，我也是膽子最小的人，」她接著說，「但是我鼓起勇氣來給別人壯膽，自己也就有膽量了。」

我們踱到窗前。夏綠蒂用手肘支在窗臺上，目光凝視著遠方，不知她在想些什麼。窗外青山蒼茫，煙雨濛濛。夏綠蒂一會兒仰望天空，一會兒看看我，眼裡滿含淚水。她把手輕輕地放在我的手上，歎息道：

「克羅卜斯托克⑤啊！」

此時此刻，她心中正縈繞著那首壯麗的頌歌——偉大詩人的《春祭頌歌》！我不禁激動萬分，情感的潮流頓時洶湧澎湃起來。上帝啊，夏綠蒂只需輕輕的一聲歎息，便打開了我感情的閘門！我再也無法控制自己，把頭俯在她的手上，熱烈地親吻著，歡愉之淚奪眶而出，然後深情地仰望她那美麗的雙眼。克羅卜斯托克，高貴的詩人呵，要是你能看到在她的目光中你是多麼神聖，那該多好啊！從今以後，我再也不願聽見有人褻瀆你的名字。

①為了避免惹出麻煩，編者在此刪去了一段。儘管實際上，任何作家都不會在乎夏綠蒂和維特對他是如何評價的。（作者注）

②燕妮姑娘，當時流行的一部傷感小說的女主角。

③《威克菲牧師傳》（一七六六），英國著名作家哥爾密（一七二八—一七七四）的小說，歌頌淳樸自然的田園生活，在當時的德國頗受歡迎。

④此處刪去了幾位德國作家的名字，因為究竟是哪位作家得到夏綠蒂的賞識，他自己讀讀這段文字就清楚了，而其他人則無須知道。（作者注）

⑤克羅卜斯托克（一七二四—一八〇三），歌德之前最傑出的德國抒情詩人。

六月十九日

我已記不起前一次寫到哪兒了，只知道停下筆來上床睡覺時，已是午夜兩點。不過，假如我們是面對面地促膝長談而不是寫信的話，說不定我會要你陪著聊到天明。

我沒有告訴你舞會歸來途中所發生的事，今天也仍然不是告訴你的時候——等等吧，我會告訴你的。

那天，當我們踏上歸途的時候，正是旭日東昇的壯麗時刻，彩霞映紅了天際。馬車行駛在林間小路上，萬籟俱寂，草葉上掛滿露珠，田野一片青翠。我們的兩個女伴打起盹來，夏綠蒂關切地問我是否需要小睡一會兒，並請我不用為她操心。

「只要你的雙眼睜著，」我目不轉睛地望著她說道，「我就不會感到困倦。」我們就這樣相守著，一直到獵莊的大門口。女僕一邊輕輕地為她開門，一邊回答她的詢問，告訴夏綠蒂她父親和弟妹們都很好，現在還在睡覺。臨別的時候，我請求她允許我當天再去看望她，她同意了。後來我去了，再次見了我一刻也不願離開的人兒。

從此以後，無論日月星辰如何升起和落下，我再也分不清白天和黑夜，整個世界從我的視線中消失了，我的眼中只有她的倩影。

六月二十一日

這段時間，我過著極其幸福快樂的日子，我想，上帝能夠給予祂聖徒們的日子也不過如此吧？不管將來如何，我都不會再抱怨我沒有享受過歡樂、沒有享受過最純淨的生之樂趣。

我已在瓦爾海姆定居下來了，距夏綠蒂的家只有半小時路程。只有在這兒，我才能充分感覺到自我的存在，以及作為一個人所能享有的全部幸福。過去，我也曾散步到瓦爾海姆，可從未想到它距離天堂竟然那麼近！那時，我在野外漫步，從山崗上，從河岸的原野上，曾無數次地眺望過獵莊，那時它與我毫無關聯，如今卻珍藏著我全部的愛戀。

我時常思索人們期盼遊歷大千世界、尋求新奇事物、實現自我發展的欲望，也曾深入地思考過人們甘心忍受束縛、安於現狀、冷漠無情的本能，可奇怪的是，我弄不明白，究竟是一種什麼力量牽引著我登上小山崗，眺望那道美麗的峽谷？為什麼獵莊周圍的景色竟是那麼強烈地吸引著我？那裡有一片小小的樹林，夏綠蒂，妳要是正在那片樹林中該有多好；那裡有一座高高的山峰，妳要是正從峰頂俯瞰遼闊的原野該有多好；那裡有連綿不盡的丘陵，妳要是正徜徉其間該有多好。每次我滿懷希望地匆匆而去，卻都失望而返，始終尋覓不到我心中的美麗身影。

啊，對遠方的希冀猶如對未來的憧憬！它那朦朧的影像充滿無限的誘惑力，靜靜地佇立在我們的靈魂面前，使我們的感覺和視覺都變得迷茫。然而，我們仍然渴望，渴望著新奇的東西充溢我們的心，渴望著偉大而神聖的感情，渴望著獻出我們的生命。可是，當異鄉就在腳下，當未來成為今天，一切依舊如故，我們發現自己依然平庸，依然淺薄，靈魂依然焦渴難耐。於是，遠方的遊子又會思戀起自己的故鄉，只有在妻子兒女圍繞著的溫馨家園裡，在為生活而忙碌的操勞中，才能尋找到在大千世界中不曾覓得的歡樂。

清晨，當太陽升起的時候，我到菜園裡摘豌豆莢，一邊撕去豆莢上的筋，一邊讀我的荷馬。然後回到廚房，將豆莢和奶油倒進鍋裡一起燉煮，蓋上鍋蓋，繼續讀我的荷馬，時不時地攪動一下鍋裡的豆莢。當時，我正讀到《奧德賽》中潘妮洛普①那些高傲的求婚者們在屠牛宰豬、剔骨烹肉那一段，和我正在做的事兩相對照，書中的情景便栩栩如生地出現在我眼前。這一切深深地感動了我，沒想到遠古社會的生活，竟如此自然地與我的生活交融在一起，還有什麼比這更讓我感到充實的呢？

當我把親手栽種的蔬菜端上餐桌時，我的心快樂無比，感受到一種純粹的歡樂。此刻，擺放在我面前的可不僅僅是一盤菜呵，那播撒種子的美麗清晨，那灑水澆灌的可愛黃昏，所有那些盼望它生根發芽、開花結果的美好時光，都在這一瞬間重現了。

①潘妮洛普，荷馬史詩《奧德賽》中男主角奧德修斯的妻子，她聰明美麗，用計謀戰勝了無恥的追求者，直到丈夫歸來。

六月二十九日

前天，城裡的一位大夫來拜訪法官。大夫是個老古板，說話時不斷整理著袖口上的皺褶，把玩上面的一個絲卷兒。當時，我正和夏綠蒂的弟妹們一起玩，孩子們在我的身上爬來爬去，頑皮地逗弄我，我便搔他們癢癢，樂得小傢伙們大喊大叫。見此情景，大夫流露出一副不屑的表情，顯然他認為我的行為有失身分。我裝著沒看見，又和孩子們一起去搭紙房子。大夫回到城裡之後，到處說法官的孩子本來就夠沒教養的，現在更讓維特徹底毀了。

威廉，在我看來，孩子是這個世界上最純潔、真實的，我喜愛他們，最願意與他們親近。每當我仔細觀察他們，從細小的事情中看到美德和才能的萌芽，從他們的執拗中看到了堅毅與剛強，從他們的任性中看到了豁達與樂觀，以及輕鬆應付危難的本領，就會聯想到我們成年人的種種行為，不禁反覆吟誦主耶穌的金玉良言：「可歎啊，你們不如他們中的任何一個人。」然而，這些本應該被我們視為楷模的孩子們，卻受到我們奴隸般的對待，竟不允許他們有自由意志！那麼，我們憑什麼該享有這個特權呢？只是因為我們年長、知曉事理一些。仁慈的上帝，我們的天父啊，你只不過把人類分為成年的孩子和年幼的孩子，而且，從你對聖子的偏愛，就已經向人類宣示了你更喜歡哪一類孩子！可是，儘管人類信奉你，卻不聽從你的教誨，都在按自己的方式教育自己的孩子……

再見，威廉，我不想就這個問題毫無希望地談下去。

七月一日

夏綠蒂準備進城幾天，去陪生病的M夫人。據醫生說，這位賢慧的夫人很快就要離開人世了，臨終之際，她希望夏綠蒂能陪在她身旁。唉，威廉，和一個在病榻上呻吟不已的人比起來，我的這顆心更是病入膏肓了。

上個禮拜天，夏綠蒂帶著她的一個妹妹進山裡去看望一位牧師，我陪她們一起去了。那裡是一個小山區，需要一個小時路程，我們到達時已經快下午四點了。一踏進牧師的小院，映入眼簾的是兩株高大的胡楊樹，亭亭玉立，樹枝在風中輕輕搖曳，彷彿在歌唱。牧師坐在房門前的一條長凳上，一見到夏綠蒂，善良的老人立刻精神一振，吃力地站了起來，準備上前來迎接，甚至忘了用他那根手杖。夏綠蒂趕忙跑過去，攙扶著他坐到凳子上，自己也挨著老人坐下來，然後轉達了她父親的問候，還把牧師那個邋遢淘氣的寶貝兒子抱在懷中。牧師是老來得子，很疼愛且放縱自己的兒子。

老人的耳朵有些重聽，必須大聲說話才能聽見，夏綠蒂不得不提高嗓門和他聊天。她告訴老人，有些人自以為年輕、身強力壯，不注意愛護身體，結果不知怎麼就突然死了；她很高興老人明年要去卡爾斯巴德度假，贊同洗溫泉有益健康，還說牧師的氣色比上次見到時好多了，精神也健旺了不少等等。老人的興致很高，我只不過誇讚了那兩株枝葉濃密的胡桃樹幾句，他就滔滔不絕地講述起它們的歷史來，儘管口齒不太靈光。

「那株老樹是誰栽的已不清楚了，」牧師說，「但後面那株年輕點兒的樹是我岳父種的，它的年齡和我太太一樣，今年十月就滿五十了。巧得很，那天早晨她父親剛把樹苗種下，傍晚我太太就出生了。我岳父是這裡的前任牧師，這株樹對他和我都無比珍貴。二十七年前，那時我還是一個窮大學生，當我第一次踏進這座院子時，就看見一個姑娘坐在胡桃樹下，手中正編織著……那個姑娘後來成了我的太太。」

後來，夏綠蒂問起牧師的女兒弗莉德里克，老人說她和施密特先生一起到草地上去了，一些工人在那邊幹活兒，說完又繼續講述自己的故事：前任牧師和女兒是如何看上他的、他是如何做了前任牧師的助手，以及又是如何繼承了他的職位。牧師的故事不一會兒就講完了，這時牧師的女兒和施密特先生正穿過花園向我們這邊走，遠遠地見到夏綠蒂，弗莉德里克便快步上前來，熱情地對夏綠蒂的到來表示歡迎。

弗莉德里克給我的印象不錯。她有一頭亞麻色的頭髮，體態健美，活潑可愛，和她一起住在鄉下大概會很快樂。她的愛人（施密特先生就是這樣自我介紹的）是個文雅而沉默的人，儘管夏綠蒂一再主動和他搭腔，他卻不怎麼願意參與我們的談話。最令人掃興的是，從他的表情中我隱隱看出，他之所以不肯開口，多半是由於性情執拗乖僻。事實上，後來發生的事也印證了我的判斷。

散步時，弗莉德里克和夏綠蒂一起邊走邊聊，偶爾我也會和她們走到一起，這個時候，施密特先生本來就板著的面孔會明顯地變得更加陰沉。夏綠蒂也看出來了，便輕輕地扯扯我的衣袖，暗示我別對弗莉德里克太殷勤。我平生最討厭人與人之間相互猜疑爭鬥，尤其是生命力正旺盛的年輕人，他們本該坦蕩、豁達、快樂，卻常常板起面孔，白白浪費了生命中這段不可多得的好時光，而當有一天突然醒悟的時候，才發覺青春不再，追悔莫及。

這件事讓我感到很不是滋味，心裡分外壓抑，因此傍晚我們回到了牧師的院子，大家一邊喝牛奶一邊談天說地，當話題轉到人世間的歡樂與痛苦時，我終於忍不住激烈地批評起一些人乖僻的性情，一吐心中的不快。

「人啊，」我說道，「常常抱怨快樂的時候少，痛苦的時候多，但我認為這多半都沒有道理。只要我們心胸開闊，保持樂觀的情緒，好好享受上帝賜予的每一天的歡樂，那麼，我們就會有足夠的勇氣去承擔痛苦。」

「可是，我們並不能完全控制自己的感情呀，」牧師太太說，「肉體對我們的影響太大了，一個人要是身體不舒服，隨便怎麼樣都會感到不對勁兒的。」

我承認她說得對，然後說道：

「那麼，我們就把性情乖僻也當成一種疾病，有沒有什麼辦法可以治療呢？」

「我是這麼認為的，」夏綠蒂說，「要想治癒它，我們自己的態度至關重要，這方面我有切身體會。每當我心情煩悶的時候，我便到花園裡走走，哼幾首鄉村舞曲，煩惱就煙消雲散了。」

「這正是我想說的。」我接過話頭說道，「乖僻本來就是人的一種惰性，只要我們能鼓起勇氣去克服它一次，以後便會順利地戰勝它，並在這個過程中獲得真正的快樂。」

弗莉德里克聽得入了神，但施密特先生卻反駁我說，人無法掌握自己的命運，更不要說控制自己的性情了。

「我現在說的是一種令人感到不快的性情，」我回敬說，「這種性情可是人人樂於擺脫呵！更何況，在不曾嘗試之前，誰也不知道自己有多大的力量。就好像人生了病都會四處求醫，再多的禁忌、再苦口的藥，都不會拒絕，為的就是治癒病症，獲得一個健康的身體。」我發覺誠實的老人也在努力地聽我們談話，便提高嗓音，轉過臉去對著他，接著剛才的話題往下講。「牧師們在布道時譴責過那麼多種罪過，」我說，「但我卻從來不曾聽到哪位牧師在祭壇上譴責過壞脾氣①。」

「呵呵，這事兒得由城裡的牧師去做，」老人笑眯眯地說，「鄉下人沒有壞脾氣。當然，在這兒偶爾說說也無妨，至少對村長先生和夫人是有好處的。」

牧師的話把大家都逗樂了，他自己也笑得咳嗽起來，使得談話中斷了一會兒。後來，還是施密特先生先開口說道：

「您把乖僻稱為罪過，我想未免太過分了吧。」

「一點兒也不過分，」我回答，「既然害人又害己，就是一種罪過。在這個世界上，難道我們不能使彼此幸福還不夠，還一定要去剝奪他人心中偶爾產生的一點點快樂嗎？請您告訴我，有誰性情很壞，卻不會表露出來，僅僅使自己不快，卻不會破壞周遭人的快樂呢？或許您會說，壞脾氣不正表現了我們對自己感到不滿，對自己的卑微感到懊喪，而且其中還攙雜有由愚蠢的虛榮刺激起來的嫉妒嗎？要知道，看見一些幸福的人而他們的幸福並不仰賴於我們，心裡是夠難受的。」

見我們爭論得這麼激烈，夏綠蒂對我微微一笑，弗莉德里克則眼裡滿含淚水，這讓我講得更起勁了：

「有一種人，他們利用自己對他人的控制力去破壞別人的快樂，這種人特別可恨。要知道，世間所有的禮物，所有的甜言蜜語，都補償不了我們頃刻間失去的快樂，也補償不了被嫉妒破壞了的快樂呵。」

說到這裡，我感慨不已，往事一樁樁在腦海裡掠過，熱淚湧上眼眶，我不禁動情地大聲喊道：

「我們應該每天對自己說：你對朋友只能做一件事，那就是讓他們獲得快樂，使他們更加幸福，並和他們分享幸福。我們還應該捫心自問：當你的朋友遭受憂愁苦悶的折磨時，你能給予他們一點點慰藉嗎？

還有，當那個被你葬送了青春年華的姑娘，被可怕的疾病折磨得奄奄一息，她毫無聲息地躺在床上，目光呆滯，冷汗一顆顆從額頭上滲出來，那個時刻，你就會像個罪人似地站在她床前，愁容滿面，完全無能為力，心中感到深深的恐懼與內疚，恨不得獻出一切，只求給這個垂死的生命以生的希望。」

說著說著，同樣的情景浮現在我眼前，喚醒了我塵封已久的記憶，那曾是我的親身經歷呵。我已有些不能自制，連忙掏出手帕捂住眼睛，疾步離開眾人，直到夏綠蒂來告訴我該回去了，才如夢初醒。

歸途中，夏綠蒂責備我對什麼事都太易激動，這樣下去會毀了自己，叮囑我要保重身體、珍惜生命——我的天使啊，為了妳的緣故，我也必須活下去！

①關於這個題目，我們聽拉瓦特爾②神父做過一次出色的布道，他還談到《約拿書》③。（作者注）

②拉瓦特爾（一七四一——一八〇一），瑞士神學家和哲學家，歌德的好友。作者注文中所指的是拉瓦特爾神父《克服不滿和乖僻的方法》的布道文。

③《約拿書》，見《舊約聖經》。

七月六日

夏綠蒂依然留在城裡，悉心照顧著病危的女友，既體貼又溫柔。威廉呀，不要說受到她的照料，就只是讓她看上一眼，病人的痛苦也會減輕許多，並且感到幸福。

昨天傍晚，夏綠蒂帶著妹妹瑪莉安娜和瑪爾馨到城外散步，我聽說後趕了去。我們一塊兒漫步了一個半小時，才往城裡走。來到我十分珍愛的井泉邊，夏綠蒂在涼棚裡坐了下來。啊，如今這眼井在我心中又增加了一千倍的價值。我環顧四周，眼前浮現出我心孤寂的那段光景。「親愛的井泉呀，」我滿懷愧意地說，「我好久沒有來這兒乘涼了，有時從你身邊匆匆而過，竟然連看都不曾看你一眼！」凝視著夏綠蒂，我的心充滿感激，上帝啊，她就是我生命的全部價值！

我往臺階下望去，只見瑪爾馨小心翼翼地端著一杯泉水上來，瑪莉安娜伸出手來準備接過去。

「不，不！」小姑娘甜甜地嚷起來，「我要夏綠蒂姊姊先喝！」

瑪爾馨真是天真可愛，令我大為激動。我抱起小姑娘熱烈地親了幾下，以表達我的感情，可沒想到她竟然哭了起來。

「瞧你，闖禍嘍。」夏綠蒂說。

我不知所措。

「來，瑪爾馨。」夏綠蒂拉著妹妹的手走下臺階。

她們來到清澈明亮的井泉邊，夏綠蒂對小妹妹說：「快！趕快用乾淨的泉水洗一洗，這樣就沒事了，別擔心。」

瑪爾馨急急忙忙地捧起泉水，起勁地擦洗自己的小臉蛋，一副深信不疑的神情，以為用這神奇的泉水洗洗，臉上就不會長出丟人又醜陋的鬍鬚①，儘管夏綠蒂告訴她可以了，但小姑娘仍一個勁兒地洗。我站在一旁，看著眼前的情景，羞愧難當。

威廉呵，我還從不曾懷著比這更深的虔誠參加過任何洗禮哩。當夏綠蒂上來之後，我真恨不得匍匐在她腳邊，就像跪在寬恕了整個民族罪孽的先知面前一樣。

晚上，由於太高興了，我忍不住將這件事告訴了一個我認識的人，因為我認為他還算聰明，而且通曉人情，誰知卻碰了一鼻子灰。他認為夏綠蒂的做法欠妥，對小孩子不能這麼故弄玄虛，這會使他們產生錯誤的認識並滋長迷信，不應該讓他們從小就受到不好的影響。聽了他的話，我才想起他是一個禮拜前才受的洗禮，因此也就不以為意了。不過，我心中仍然堅信這樣一個真理：我們對待孩子，應該像上帝對待我們一樣，當我們沉醉在愉快的幻覺中，就是上帝賜予我們最大的幸福。

①有種迷信認為，處女被青年男子親吻之後，嘴上會長出鬍鬚。

七月八日

我就像個孩子，竟然如此渴望她那明眸的顧盼！我真像個孩子啊！

我們一群人相約去瓦爾海姆遊玩，除了小姐們，男士們有W・塞爾斯塔、奧德蘭和我。小姐們是乘車去的，我們則步行。後來，在草地上散步的時候，我總覺得在夏綠蒂烏黑的眸子裡帶著一些……原諒我吧，我是個大傻瓜，已經方寸大亂了！威廉，你真該瞧瞧她那雙眼睛——我儘量寫簡潔些，我好睏，眼皮都快睜不開了——姑娘們上車後，我們圍著馬車，她們挑開簾子，探出頭來與送別的人閒聊，小夥子們個個快活得不得了。我極力捕捉夏綠蒂的目光，可那雙動人的眼睛卻望望這個，瞧瞧那個！天啊，懇求妳了，看著我吧，看著我吧，看著我吧！我的整個身心都專注於妳，為什麼要逃避我呵！馬車緩緩啟動了，我的心對夏綠蒂說了千百次再見，可她竟然連看都沒看我一眼！我的眼中噙滿淚水，目送著馬車遠去……哦，等等，她的帽子出現在車門旁，她回過頭來了！上帝啊，她的雙眼是在顧盼我嗎？

威廉呀，懷著這個疑慮，我到現在還感到忐忑不安，唯一可聊以自慰的，只有在心裡不斷地告訴自己：她回過頭來也許就是看我吧！也許就是……

晚安！唉，我真像個孩子！

七月十日

在聚會上，每當聽到人們談起夏綠蒂，我都會變得癡癡的，你要是看見了那模樣，也一定會說我傻的。

當有人問我「是否喜歡她」的時候，我簡直恨死「喜歡」這個詞了。喜歡」？假如一個人不是用全部的感情對她充滿愛慕，而僅僅是喜歡她，那成什麼了呢？哼，「喜歡」！最近又有人問我「是否喜歡莪相①的詩」！

①莪相（Ossian），古愛爾蘭說唱詩人。一七六二年，蘇格蘭詩人麥克菲森聲稱，他從三世紀蓋爾語原文中翻譯了兩首莪相的詩《芬戈爾》、《帖木拉》。這些所謂「莪相」的詩篇很快風靡歐洲。然而，這些詩部分是根據蓋爾語民謠寫成的，但絕大多數都是麥克菲森自己創作的。歌德當時讀到的是被浪漫化了的、由麥克菲森創作的《莪相集》，而莪相的詩篇《莪相民謠集》才是真正的愛爾蘭蓋爾語抒情詩和敘事詩。

七月十一日

M夫人生命垂危，我為她祈禱，因為夏綠蒂感到難過，我也身受同感。我平日很少去M夫人的家，今天去的時候，夏綠蒂給我講了一樁離奇的事。

M是個出了名的吝嗇鬼，一輩子就連自己的夫人也被他剋扣得夠折磨，可M夫人總算是應付過來了。幾天前，醫生斷定她已活不長了，她便請人找來自己的丈夫（當時夏綠蒂也在房間裡），對他說：「我必須交代清楚一件事情，不然等我死了，家裡一定會出大亂子的。我操持家務三十年，凡事都勤儉節約，把一切打理得井井有條，可是，請你原諒我，我一直都在欺騙你。我們剛結婚的時候，你對家裡的每月開支規定了一個小數目，當時由於家小人少，我還能應付。但後來家大業大，開銷明顯增大了，你卻死都不肯多給每月的生活費。你記得嗎？在這個家庭花費最大的時期，你只允許我每週支用七個古爾盾。接過這麼一點點錢時，儘管我沒有說什麼，但這些錢肯定是不夠的，於是我就直接從營業收入裡拿了錢，以彌補不足部分。唉，誰也不會想到做太太的竟然會偷自己家的錢。不過，你盡可以放心，我拿的那些錢絲毫沒有浪費，即使不向你坦白，我也問心無愧，可以安心地閉上眼睛了。我想要說的是，在我死後來操持這個家的女人並不知道我做的這些事，她用你給的那點錢是沒辦法應付的啊，而你卻會一口咬定你的前妻都是這麼對付過來的。」

我和夏綠蒂在談論這件事的時候，都感到人心真是到了令人難以置信的程度：明知家庭開支大了一倍，卻還是心安理得地只給原來的七個古爾盾，就不去想想這必定另有原因，真是吝嗇到了極點。

七月十三日

不，我不能欺騙我自己！從她那雙烏黑明亮的眼睛裡，我明明白白地讀到了對我和我的命運的關切與憐憫，對此，我深信不疑……我感覺她……啊，我能夠用這麼句話來表達我的幸福嗎？那就是：她愛我！

她愛我！我因此而覺得自己珍貴多了，我是多麼（威廉，你能理解的，我可以告訴你）崇拜自己啊，自從她愛上了我！

這是杞人憂天嗎？亦或是真的呢？我為自己在夏綠蒂心目中的地位感到擔心，因為有一個我不瞭解、卻令我擔驚害怕的人存在。每當夏綠蒂談起她的未婚夫，總是顯得那麼溫柔、那麼親切，我沮喪得就像一個失去了榮譽和尊嚴的人，連自衛的能力也沒有了。

七月十六日

每當我們的手指無意間相互輕觸，每當我們的腳在桌子下相互輕碰，我都會熱血沸騰！我想要逃避，感覺就像著火一般，然而一種神奇的力量又強烈地吸引著我……我已經意亂情迷了！

可是，夏綠蒂卻是那麼純潔無邪，全然沒有感到這些親密的動作帶給了我多少痛苦！特別是當我們倆促膝交談的時候，她那可愛的小手有時輕撫著我的手，談興高昂時她的頭更會靠近我，口中呼出的氣息吹拂在我的臉上、嘴唇上，那一刻，我就像被閃電擊中了般。身子往下沉，腳下卻輕飄飄、軟綿綿的，如履浮雲，完全失去依託……威廉啊，我想入非非，什麼時候我能冒險一試，登上那令人神往的天堂……你理解我的意思……噢，不，我絕不會這樣做，我還沒那麼卑鄙！我只是太軟弱，而軟弱不算是卑鄙吧？

她是多麼聖潔啊，一切欲念在她面前都會退卻，變得沉寂無聲！

每當我和她在一起，彷彿各種感官都錯亂了，思想也停頓了，頭腦一片空白，喜怒哀樂完全隨她而改變。她喜歡一支曲子，時常用鋼琴彈奏它，那美妙的音樂充滿情感，如天使般動人、純潔。每次只要她彈出第一個音符，我的一切痛苦、煩惱和非分的念頭都會煙消雲散。

這支她心愛的曲子令我感動不已，我不再懷疑關於音樂那古老而持久的魅力。而且，每當我被激情、痛苦折磨得喘不過氣來，恨不得用子彈穿透自己頭顱時，她都會彈起這支曲子，我心中渾沌的黑暗頓時消失，又見到燦爛的陽光，重新呼吸到清爽的空氣。

七月十八日

威廉，假如這個世界沒有愛情，還有什麼意義？它等於一盞沒被點亮的燈！可是，一旦我們把燈點亮，在白壁上就可以映出五彩繽紛的圖畫。儘管那只是稍縱即逝的影子，但只要我們像孩子一樣，沉迷於它的奇妙幻景之中，就足以得到我們的幸福啊。

今天我不得不參加一個聚會，不能去看望夏綠蒂了，怎麼辦呢？我派了僕人去，僅僅是為了今天在自己身邊有一個接近過她的人！我焦急地等著僕人回來，心緒不寧地來回踱步。再見到他的時候，我真是說不出的高興，要不是因為害臊，我真恨不得捧住他的腦袋親親。人們常說起電光石，說它在太陽下會吸收陽光，到了夜間依舊明亮發光，那麼，我面前的這個小夥子就是我的電光石！我真切地感覺到，她的目光曾在他臉上、上衣鈕釦以及領口上停留過，這些東西也因此在我的心中變得神聖而珍貴。此刻，就是給我一千銀塔勒，我也不願意交換這個小夥子。看著站在我面前的人，我的心感到分外舒暢——可別笑話我喲！威廉，告訴我，難道這一切還會是幻影嗎？

七月十九日

「我將要再見到她啦！」

清晨從夢中醒來，望著初升的太陽，我興高采烈地大聲喊道：「我將要再見到她啦！」仁慈的上帝啊，我生命的一切都凝聚在這個期盼中，除此我別無所求。

七月二十日

你勸我隨公使到X地去，我仔細考慮了一下。你知道的，我不喜歡受人支配，加上這位公使又是眾所周知令人討厭的人，因此我目前還沒有這個打算。

你來信中提到，我母親希望看到我有所作為。這讓我感到有些好笑，不知母親為何會這樣說。難道我現在什麼事也沒做嗎？不管是摘豌豆，還是摘扁豆，不都是做事嗎？說穿了，人世間的一切事情都很無聊，如果一個人沒有熱情和需要，光是為了他人而去追名逐利，勞神費力，那這個人肯定是個傻瓜。

七月二十四日

威廉，別那麼擔心，我不會把畫畫給荒廢了。其實，我一點兒都不想提及此事，免得告訴你我近來很少畫畫。

我從來不曾這麼幸福過，對大自然的感受也從來不曾這麼敏銳，哪怕是一塊石頭、一棵小草，我都倍感親切，內心十分充實。可是，我不知該怎麼表達意思，我的想像力竟是如此有限，內心裝滿豐富的東西，卻都模糊不清，無法清晰地描繪出來。不過，我仍然很有自信，如果我有黏土或蠟泥，一定能捏出些像樣的東西來；如果黏土保存得更長久，我就用黏土捏好了，哪怕捏出一些餅乾樣的東西也不錯哦。

我已經為夏綠蒂畫過三次肖像，但三次都出了醜，這使我非常懊惱，尤其是因為前些日子我的畫一直很成功。無奈之下，我畫了一張她的剪影聊以自慰。

七月二十五日

親愛的夏綠蒂，我將依照妳的吩咐把一切辦妥，妳儘管吩咐吧！可有一件事我要懇求妳，以後千萬別往妳給我的紙條上撒沙子①了。瞧，今天我一收到它就去親吻，結果弄得牙齒裡全都嘎吱嘎吱響。

①往信上撒沙子可以使墨跡乾得快些。

七月二十六日

我已經下過幾次決心，不要經常去看望她，但是我做不到啊，誰又能做到呢！

日復一日，我屈服於誘惑，屈服於自己的軟弱，同時又許下諾言：明天絕不去看她了。可等明天一到，我總會找出無法辯駁的理由，轉眼間就出現在她面前。我的理由要嘛是她昨晚問過我：「你明天還來，對嗎？」誰又會不去呢？要嘛就是她託我辦件事，我理應親自去回個話；要嘛就是天氣太好，我應該去一趟瓦爾海姆，而一旦到了瓦爾海姆，那兒離獵莊不就半小時的路程嗎？周圍的景色和氣息吸引著我，讓我感覺到她近在咫尺。

記得祖母曾經講過一個故事，說海上有一座磁石山，經過的船隻如果太靠近它，船上的所有鐵器就會被吸到山上，船隻立即分崩離析，倒楣的船夫也將慘遭滅頂的命運。夏綠蒂啊，妳就是我命運中的磁石山，我願意做那粉身碎骨的船夫！

七月三十日

阿爾伯特回來了，而我就要走了。

他是一位善良而高尚的人，一位無法不對他產生好感、既能幹又溫和的人。我準備甘拜下風，但要眼睜睜看著他占有那麼完美的珍寶，我畢竟難以接受。

威廉，她的未婚夫回來了，值得慶幸的是，接他回來的時候我不在，否則我會肝腸寸斷！阿爾伯特算得上是一位紳士，從未當著我的面吻過夏綠蒂。上帝獎賞他吧！因為他對夏綠蒂的尊重，我也不能不愛他。不過，阿爾伯特對我的友善，我想很少是出於他的本意，更可能是由於夏綠蒂的調教。要知道，女士們大都精於此道，而且也有一定的道理，只要有本事讓兩個崇拜者和睦相處，對她們總是有好處，雖然要做到這一點並不容易。儘管如此，但我仍然無法敬重阿爾伯特。他外表冷靜、不露聲色，與我敏感不安的個性形成鮮明的對比，更何況我的不安是無法掩飾的；而且他感覺敏銳，深知夏綠蒂愛他。從表面上看起來，他沒有什麼乖僻的性情，而你是知道的，我最討厭人類的這種罪惡。

唉，我在夏綠蒂身邊的快樂日子是一去不復返了！我應該把我這段時間的行為稱作是愚蠢，還是頭腦發昏呢？不過，現在說什麼都沒有意義了，事實擺在眼前，而這樣的事實在阿爾伯特回來之前我就已經知道了。我一直很清楚沒有任何權利要求夏綠蒂什麼，也從未要求過，儘管她那麼迷人，我仍極力地控制住自己的欲望。然而，如今出現了另一個人，奪走了我心愛的姑娘，我卻傷心欲絕。

有些人認為一切都沒救了，我應該自行退出。我鄙視他們。讓他們見鬼去吧，我要咬緊牙關挺過去！

我整天在樹林裡亂轉，心神不寧，也不知道該做什麼。每次去獵莊，見到她和阿爾伯特一起坐在園子的涼亭中，我的腳就像被釘在地上一般，模樣看上去傻傻的，說話語無倫次。

「看在上帝的份上，」夏綠蒂今天對我說，「我求你，別再像昨晚那樣惡作劇了，你那副樣子真要命。」

不過，只要沒有看見阿爾伯特，我就會健步如飛地跑過去，確信只有她一個人時，我真是心花怒放。

八月八日

親愛的威廉，請你原諒我吧！不過，我把那些要我們屈服於命運的人稱為廢物，的確不是指你。我實在沒有想到，你也會有那種類似的看法。當然，從本質上說你是對的，但世間事很少是非此即彼，人的感情和行為千差萬別，正如人們除了有鷹鉤鼻子、塌鼻子外，二者之間還有各種各樣的鼻子。因此，我承認你的觀點有一定道理，卻又試圖從「要嘛這樣」、「要嘛那樣」之間找到一條出路。

你說：「要嘛你有希望得到夏綠蒂，要嘛你沒有。如果是第一種情況，你就努力去實現自己的願望；否則就只有振作起來，擺脫那該死的感情，要不然它會吞噬掉你。」我的朋友，瞧你說得多動聽，多有道理，多容易！可是，對一個忍受著慢性病痛的折磨而一步步走向死亡的人，你難道能要求他拿起劍來結束自己嗎？更何況，病魔在耗盡一個人生命力的同時，不也摧毀了他自我解脫的勇氣嗎？

當然，你可能反駁我說：誰肯甘冒生命的危險，卻不願意犧牲自己的一隻胳膊呢？唉，讓我說什麼好呢？算了，我們不要再為此大傷腦筋了。

威廉，偶爾我也會有振作起來、擺脫一切的念頭，然而……如果我清楚該往哪兒去的話，我早就走了。

傍　晚

我把日記擱置一旁已經好幾天了，今天無意間翻開來看，令我大感驚異：我竟是眼睜睜地看著自己，一步步陷入尷尬而痛苦的境地！哦，我對自己的處境一直看得清清楚楚、明明白白，就是不願意去改變；現在也還是看得清楚明白，卻依然沒有絲毫悔意。

八月十日

我若不是個癡情人，本可以享受幸福美滿的生活：我住在風景如畫的環境裡，美麗的鄉村景色，世間難以尋覓，更沒幾人能夠擁有。常言說得好，一個人幸福與否，全在於內心的感受。我是這兒和睦大家庭中的一員，老人愛我如子，孩子愛我如父，更重要的還有夏綠蒂。而且，阿爾伯特也沒有用任何乖僻的行為來破壞我的快樂，反而友善地接納了我，對他來說，除了夏綠蒂，我就是世界上最親愛的人。我想，世上恐怕沒有比我們這種關係更可笑的了，然而我卻常常感動得熱淚盈眶。

我和阿爾伯特有時一起出去散步，談論最多的話題當然是夏綠蒂。他曾經談起夏綠蒂的母親，講到她臨終前如何把家和孩子們託付給夏綠蒂，如何叮囑他照顧夏綠蒂。還談到夏綠蒂自那以後就像變了一個人，如何辛勤地操持家務，如何照顧弟妹們，儼然像個母親，但卻沒有因此而改變活潑快樂的天性。我們邊走邊聊，不時在路旁摘下一些五顏六色的野花，精心編成一個花環，我把它拋進了溪流中，然後目送著它緩緩向下游漂去……

我告訴你了嗎？阿爾伯特不會再離開了，他在這兒的侯爵府中謀得一個待遇優厚的差事，侯爵很器重他。很少見到像他這樣辦事精明勤勉的人，十分難得。

八月十二日

昨天，在我和阿爾伯特之間發生了一件不尋常的事，它使我確信，阿爾伯特是天底下最好的人。

我突然心血來潮，想騎馬進山去（現在我就是在山中給你寫信），於是去向阿爾伯特告別。進到他的房間，我見到牆上掛著幾枝手槍。

「阿爾伯特，這些都是你的嗎？」我問。

「是的。」

「借一枝給我用用，好嗎？」我說。

「好的，」他回答，「它們掛在那裡不過是做做樣子。你要是不嫌麻煩，願意裝上火藥的話，就拿去吧。」

我取下一枝槍，他繼續說道：

「因為大意，我出過一次事，以後就再也不願用這玩意兒了。」

我很好奇，請他說說是怎麼回事。他說道：

「大概三個月以前，我住在鄉下一個朋友家，房間裡有幾枝手槍，但沒有裝火藥。在一個雨天的午後，我閒著沒事，不知怎麼突然想到我們可能會遭到歹人襲擊，可能需要用手槍，可能……於是，我把手槍交給一個年輕的僕人，讓他去擦拭和裝火藥。誰知道這小子卻拿它去和侍女們鬧著玩，想嚇唬嚇唬她們，結果觸動了扳機，而那根通條還留在槍膛裡，一下子就飛了出去，射中一名侍女的右手，把大拇指射斷了。為了這件事，我不僅受到大家的埋怨，還賠上了醫藥費，從此我的槍都不再裝彈藥了。好朋友，再怎麼小心也沒有用，危險並非可以預料的啊！雖然……」

威廉，我喜歡他這個人，但不包括他沒完沒了的解釋。是啊，任何常理都可能有例外，但阿爾伯特卻不允許自己出現任何意外，他竭力做到四平八穩，一旦發覺自己的言語有失偏頗，就會馬上加以修正、補充或否定，到最後等於什麼也沒說。你看，現在他還在說「雖然……」，而且越說越遠，我已沒有耐心再聽他說什麼，卻突然產生一個奇怪的念頭。於是，我舉起槍來，將槍口對準自己右邊的太陽穴。

「不！」阿爾伯特大叫一聲，衝過來就奪走我手中的槍，「你這是在幹什麼！」

「沒裝火藥吶。」我說。

「沒裝火藥也不該這樣胡鬧！」他很生氣地說，「真是難以想像，一個人怎麼會愚蠢到去自殺，就是有這樣的念頭也令我反感。」

他的話刺激了我，立刻高聲說道：「你們這些人呵，對什麼事情都喜歡立刻下定論：這是愚蠢的，那是明智的；這是對的，那是錯的。可是，你們瞭解事情的真實情況嗎？瞭解事情發生的種種原因嗎？如果你們真的瞭解這些，就一定不會輕易地妄下斷語了。」

「可是，」阿爾伯特說，「某些行為不管出於什麼動機，它都是一種罪過。」

我聳了聳肩，承認他的話有一定道理。

「不過，」我接著說，「也有例外的情況。比如，偷竊是一種犯罪，但如果一個人為了使自己和家人不致餓死而偷竊，那這個人是該得到寬恕，還是該受到懲罰？再比如，一位丈夫基於義憤，殺死了不忠的妻子和卑鄙的姦夫，誰會向他投擲石頭①呢？還有，一個姑娘陶醉在幽會的歡樂中，激情令她無法自制而失身，誰又會去譴責她呢？法學家們算得上是冷漠無情的老古板了吧，而就連他們也有憐憫的時候，免除了對這些人的懲罰。」

「你說的完全是另一回事兒，」阿爾伯特反駁說，「對於那些失去理智的人，人們只會把他們當成醉鬼、瘋子。」

「你們這些明智的人呵，」我不禁冷笑道，「竟是這般鐵石心腸、袖手旁觀，不愧為假仁假義的人啊！他們嘲弄酒鬼、厭惡瘋子，像那個祭師②一樣視而不見地從他們身邊走過，像那個偽君子法利賽人③一樣感謝上帝，感謝祂沒有把你們造成酒鬼和瘋子。可對我來說，我就醉過不只一次，我的熱情離瘋狂也不遠了，但我並不覺得這有失體面。以我的經驗看來，一切傑出的人，一切能夠完成看似不可能完成的偉大事業的人，他們總是被世人當成酒鬼、瘋子。

日常生活中也是如此，如果某個人的言行與社會普遍認同的準則不一致，超出了一般人的想像，人們就會在他身後大喊大叫：『看啊，這個人是瘋子！這個人是傻瓜！』真是可恥啊，你們這些頭腦清醒的、明智的人！」

「你太偏激了，」阿爾伯特說，「居然把自殺和成就偉大的事業胡亂扯到一起。不管怎樣，自殺都是一種軟弱的表現，而且，死亡與堅強而痛苦地活著比起來，顯然要容易得多。」

他的話令我感到氣憤！我說的可都是肺腑之言，而他卻講了一大堆陳腔濫調。我本不打算和他繼續剛才的話題，但轉念一想，這樣的話不是處處都能聽到嗎？完全沒有必要和他過於計較，於是反問道：

「你認為自殺是軟弱的表現？你可不要被表象給迷惑了呵！請問，一個在暴君殘酷統治下的民族，為了掙斷腳鐐手銬，不惜犧牲生命，這是軟弱嗎？一個人在家園面臨被大火吞沒的時候，為了保衛家庭財產，不顧安危衝進火海，這是軟弱嗎？一個人在受到侮辱後，為了捍衛自己的尊嚴，狂怒中完全不顧對手比自己強大，竟然與之交手，這是軟弱嗎？朋友，既然奮發被稱為剛強，那為什麼亢奮就是它的反面——軟弱呢？」

阿爾伯特看著我說：「你別見怪，在我看來，你舉的這些例子，和我們談論的話題根本是不相干的。」

「可能吧，」我說，「別人也常常說我的聯想和推理近乎於古怪，讓人難以理解。那麼好吧，看看我們能否以另一種方式來探討這個話題。讓我們設身處地想想，生命原本應該是充滿歡樂的，而一個決意拋棄生命的人，他的內心世界又是怎樣的呢？除非我們有和他同樣的感受，才有資格去談論。

每個人承受痛苦的能力各不相同，但都有一個限度，一旦超過了一定限度，生命就如繃得太緊的琴弦，一下子就斷了。因此，人在痛苦之中的選擇與剛強或軟弱無關，而是由他們承受痛苦的能力所決定的。當然，痛苦包括精神和肉體上的，既然我們不會把一個患寒熱病死去的人稱作膽小鬼，那也不應該把自殺者稱作懦夫。」

「荒唐，太荒唐了！」阿爾伯特叫嚷起來。

「才不荒唐吶！」我說，「當疾病損害了我們的健康，肉體機能失去了作用，完全看不到任何恢復生命活力的希望和奇蹟，只有苟延殘喘，這樣的疾病我們稱之為『絕症』。同樣道理，我們的精神也會患上『絕症』。一個人受到外界各種因素的影響，便會形成固定的想法，而且難以改變，就這樣，不斷增強的狂熱完全替代了理性的思考，最後徹底摧毀了他。對於這不幸者的處境，頭腦清醒的旁觀者可能一目瞭然，但如果試圖去開導他，根本不會有什麼作用，就像一個健康的人無法將自己的生命力輸送給病榻上生命垂危的病人一樣。」

阿爾伯特仍然覺得我的說法過於空洞，我便請他想想前不久從水塘裡打撈起來的那個少女，她如花般的生命就那麼結束了。我詳細地為他講述了少女的故事。

「這個可愛的姑娘長期生活在狹小的家庭空間裡，日復一日做著同樣的家務事，唯一的樂趣就是在禮拜天穿上漂亮的衣服（這是她好不容易攢錢買下的），細細地打扮一番，然後和女伴們一塊兒到郊外去遊玩。偶爾她也會參加節慶日的舞會，要不然就是和鄰居聊聊天，並且樂此不疲，一聊就是好幾個小時，話題不外乎誰跟誰吵架啦、誰又講誰的壞話啦，諸如此類。

可是有一天，春情萌動的少女感覺到自己有一些深刻的需要，加之男人們不斷地獻殷勤，這樣的需要就更熱烈了，而從前的樂事漸漸變得索然無味。後來，少女遇見了一個人，一種從未體驗過的感情在她心中燃燒，無可抗拒地把她吸引到他的身邊。她深深地墜入了愛河，把自己的全部希望都寄託在他的身上，完全忘記了周圍的一切。對少女來說，他就是她的生命，他就是她的世界，除了這個唯一的他，一切都不存在了。她朝思暮想的人就只有他，只有這個唯一的他。

她一心一意地追求自己的愛情，絕不為朝三暮四的虛情假意所迷惑，更不貪戀賣弄風情的短暫歡樂，她要與他永結同心，得到她所渴望的幸福，享受她所嚮往的兩性歡樂。信誓旦旦的諾言使她深信所有的希望都能實現，大膽的愛撫和親吻點燃了她心中的慾望，她的身體像在雲端飄忽，懵懵懂懂地意識到一種快慰，預感到一種性的歡樂即將來臨，心情緊張到了極點……終於，激情使她不能自持，少女伸出雙臂去擁抱她所渴望的一切……然而，這唯一的他卻將她拋棄！

少女站在懸崖上，四肢麻木，神智迷亂，眼前一片黑暗，沒有希望，沒有安慰，只有痛苦和絕望。要知道呵，在那一瞬間，她失去了一切：他拋棄了她，那世上唯一使她感覺自己有存在意義的人拋棄了她！她看不見眼前的廣闊世界，看不見還有可以帶給她真摯情感的人，她只感到孤獨無援、走投無路，可怕的痛苦驅使她走向萬丈深淵——唯有閉上雙眼往下跳，在死神的懷抱中，才能徹底擺脫無法承受的生命之苦！

阿爾伯特，這就是那位少女的悲慘遭遇！難道這還算不上是一種『絕症』嗎？在渾沌不堪、矛盾重重的迷津中，大自然也找不到出路，人更是只有選擇死亡。

罪過啊，那些冷眼旁觀並稱她為傻瓜的人！這些人只會說：何必急於尋死呢？時間會治癒心靈的創傷，絕望的情緒會隨時間而消散，還會有另外的人來安慰她。噢，這無異於對一個已死的病人說：傻瓜，竟死於寒熱病！他應該等等，一旦體液改善、血液循環正常、力量恢復，病就會好起來，他就能活下來了。」

然而，阿爾伯特覺得這個例子仍然缺乏說服力。他指出我所講述的只不過是一個單純的女孩，但如果自殺者是一個見多識廣、頭腦清醒、思想不那麼狹隘的人，他看不出這個人為什麼值得原諒。

「我的朋友，」我大聲叫嚷起來，「人畢竟是有血有肉的呵！當一個人激情澎湃，所能承受的痛苦又有一定限度的時候，他僅有的一點點理智可能很難起作用，或者說根本沒什麼用，更何況……以後再談吧。」我一邊說，一邊抓起了帽子。

我和阿爾伯特道別，我們誰也沒能說服誰。唉，我的心中充滿了無限感慨，人與人之間要相互理解真是太難了。

①古代中東有用石頭投擲不貞婦女的習俗。這裡意指譴責。
②祭師指見死不救的偽善者。見《新約·路加福音》第十章。
③法利賽人指偽君子。見《新約·路加福音》第十八章。

八月十五日

在這個世界上，只有愛才能使一個人變得不可或缺。我感覺到，夏綠蒂不願意失去我，而她的弟妹們更是盼望著我第二天還會去。

今天，我去為夏綠蒂的鋼琴調音，但沒有辦成，因為孩子們一直纏著我講故事，而夏綠蒂也認為我應該滿足他們的願望。晚餐時，我為孩子們切了麵包，他們都高高興興地接過去吃了起來，就像從夏綠蒂姊姊手中接過去一樣。之後，我給他們講了某個公主得到一雙神奇的手幫助的故事，那是他們最喜歡聽的，已經講過很多遍了。

在為孩子們講故事的過程中，我學會了許多東西。公主的故事給他們留下深刻的印象，但令我感到驚訝的是，他們對每一個細節都記得非常清楚。因此，每當我忘記某個細節，不得不臨時編湊時，他們會立刻嚷起來：上次不是這樣講的！結果弄得我只好反覆練習，直到能一字不差地背誦。這件事讓我得到一個教訓：一位作家反覆修改書中的細節，即使在藝術上增色了很多，但都會給作品帶來損害。人們總是相信第一印象，即使是最荒誕離奇的事，也會深信不疑，而且印象深刻，難以從記憶中抹去。

八月十八日

能夠使人幸福的東西，往往也是使人痛苦的根源，難道非得如此嗎？

我曾沉醉於生機勃勃的大自然，它強烈地激盪著我的心靈，令我歡呼雀躍，把周圍的世界都變成人間天堂。可如今，它卻殘忍地折磨著我，變成四處追逐我的暴虐魔鬼。

曾幾何時，我從高山上眺望河流兩岸富庶肥沃的土地，眼前是一片生意盎然、欣欣向榮的景象：綠蔭掩映的峽谷在起伏舒緩的丘陵間蜿蜒，綿延的群山覆蓋著茂密的森林，河水從低聲絮語的蘆葦叢中緩緩流過，晚風輕柔地吹拂著天空的雲朵，悠悠白雲在清澈的河水中投下倒影，歸巢的群鳥在樹林間婉轉啁啾，難以計數的昆蟲在夕陽餘暉中縱情舞蹈，草叢裡的蟋蟀被落日的最後一瞥喚醒，在夜幕中盡情歌唱。然後，我低頭細心觀察，深情地撫摸著腳下的土地：嫩綠的苔蘚從堅硬的岩石縫隙裡吸取養分，頑強地生長繁衍，藤蘿從乾燥的沙丘中蔓生，垂掛在懸崖峭壁上，它們揭示了大自然內在神聖而不朽的生命之謎。所有的這一切都溫暖著我，讓我感到無比的充實和快樂。遼闊世界的壯麗景色留存在我的心靈深處，滋潤著我的生命，賦予一切以生機。放眼望去，那環抱著我的巍峨群山、靜靜躺臥的深深幽谷、飛瀉而下的瀑布、流水潺潺的小溪、百鳥喧鳴的森林……這一切都蘊涵著神祕而不可知的力量，並在大自然的變遷中不斷地相互作用和影響。除此以外，在地球上、天空中、海洋裡，還有一代又一代地繁衍著的形形色色的生命。

大自然真是應有盡有、千姿百態啊！最後還有人類，他們為求生命安全而聚居在小小的房子裡，卻自以為能夠主宰大千世界！可憐呵，人類把一切看得如此渺小，卻不知是因為自身太渺小了！從高不可攀的崇山峻嶺，到人跡不至的茫茫荒原，再到世所不知的海洋盡頭，到處都有造物主的思想在靈動。唉，那個時候，我是多麼渴望呵，渴望能有一雙仙鶴的翅膀，飛臨蔚藍色的海洋，從那浪花翻騰、無邊無際的酒杯中，暢飲令人心醉神迷的生之歡愉，並用自己的全部心靈，去感受上帝創造天地萬物的巨大幸福，哪怕僅僅是一瞬間！

我的朋友，僅僅是回憶起這些過去的時光，我就感到快樂，甚至光是產生重新喚起這些美妙感情的念頭，也會使我的靈魂得到淨化。但是，這更加倍地讓我感覺到自己目前處境的險惡。

我的面前彷彿出現了一面帷幕，它徐徐地拉開，展現在我眼前的廣闊世界變成一個張開大口的墓穴。你或許會問：「這可能嗎？」哦，我的朋友，難道你沒有看見？一切都在消失，一切都如閃電般轉瞬即逝。或被巨浪捲走，或在洪水中湮沒，或在岩石上撞得粉碎，無時無刻不在吞噬著你和親人們的生命。沒有一個瞬間你不是在做一個破壞者：一次平常的漫步將奪走無數個小蟲子的生命，一個不經意的動作就可能毀壞螞蟻們辛勤建造的巢穴，把那個可愛的小小世界變成墳墓。噢，使我心靈深受痛苦折磨的，不是自然界那些巨大的災難——沖毀村莊的洪水、吞沒城市的地震，而是大自然內在某種不可知的力量。這種力量所造就的一切，無不損害著與它相關聯的事物，同時也反過來損害著大自然本身。每當想到這些，我就感到憂心忡忡。儘管天和地以及它們創造生命的力量是如此偉大，但在我眼裡，卻只是一個永不停息、不斷進行毀滅與再生的龐然大物

八月二十一日

清晨，我從睡夢中醒來，伸出雙臂，想要擁抱她，結果卻是一場空……

昨夜，我做了一個夢，夢見我和她坐在草地上，四周開滿五彩斑斕的小花。我們手握著手，千百次地親吻，是那麼甜蜜，令人銷魂。可是，這幸福而純潔的美夢卻欺騙了我，我的臂彎裡沒有她！在半夢半醒之間，我伸出雙手摸索著、探

尋著……終於，我從迷濛狀態中清醒過來，明白了那不過是虛幻的夢境，兩行熱淚頓時噴湧而出，面對著黑暗的未來，我絕望地痛哭。

八月二十二日

多不幸啊！我渾身充滿活力，卻無所事事。我心煩意亂，既不能沒什麼事幹，又幹不好任何事。

當一個人失去自主，也便失去了一切。我不再有想像力，不再有對大自然的敏感，書籍也令我生厭。有時，我甚至希望去做短工，這樣每天早晨醒來後，還可以對這一天有個目標和追求。我常常羨慕阿爾伯特整天都埋頭於各種公文，要是我能像他一樣該多好啊！我也確實動過幾次這樣的念頭，想給你和部長寫信，請他把公使館的差事給我，相信他是不會拒絕我的——你知道的，部長一直就喜歡我，總是勸我找些事情做，有些時候我也真準備做點什麼——可是我想起一則寓言故事，說有一匹馬厭煩了自由自在的生活，請求主人給它套上轡繩、裝上鞍子，並讓人騎它，結果卻累得半死。我考慮再三，不知該怎麼辦才好，最終沒有提筆寫信。

威廉，請告訴我，時時刻刻折磨著我內心的煩躁不安，是否就是源於我要求改變現狀的熱切渴望？

八月二十八日

如果我的病還有治癒的希望，那能夠拯救我的就只有他們了：夏綠蒂和阿爾伯特，以及他們的友情。

今天是我的生日，一大早我就收到一個包裹，是阿爾伯特差人送來的。打開包裹，一個粉紅色的蝴蝶結躍入我的眼簾。我不禁回想起初次見到夏綠蒂的情景，當時她就帶著這個蝴蝶結，我是多麼喜歡這隻在她胸前飛舞的蝴蝶啊，曾多次請求她送給我！除此之外，包裹裡還有兩本六十四開的小書，是威特斯坦袖珍版的《荷馬選集》，同樣是我心儀已久的東西。以往散步時，我總是帶著又重又大的埃爾涅斯特修訂版。瞧，他們總是不等我開口就滿足我的願望，總是想方設法向我表達他們的友誼。對我來說，這些小禮物比那些絢麗耀眼的禮物貴重一千倍，後者不過顯示了贈與者的驕矜與誇耀，卻降低了我們的人格。

我一遍遍地吻著蝴蝶結，深深地感受著她那芬芳的氣息，如癡如醉，全然沉浸在對幸福的回憶中；那為數不多的、永不再來的美好時光。威廉啊，或許生活就是如此吧！一切美麗的東西總是轉瞬即逝，生命之花也不過是過眼雲煙！多少花朵凋零了，無影無蹤、無聲無息？只有太少的花朵能夠結果，只有太少的果子可以等到金秋成熟的季節！儘管如此，世間仍然有豐富的果實，可是，難道我們能輕視這些歷盡千辛萬苦的生命之果嗎？難道我們能棄之不顧，不去享受它們，任它們腐爛嗎？

再見吧，威廉！這裡的夏季更是美麗迷人，我時常坐在獵莊裡的果樹上，手拿採摘果實的長桿，從樹枝上鉤下一個個汁多味美的梨，而夏綠蒂則站在樹下，從長桿上摘下我鉤給她的果實。

八月三十日

不幸的人呵，你不是犯傻嗎？不是自欺欺人嗎？這樣毫無希望地陷入痛苦之中，有何益處呢？

除了對她，我的心再不會向任何人禱告；除了她的倩影，我的腦海裡再不會有別的形象。而我周圍世界的存在，在我的眼裡全是因為她的緣故。這樣的錯覺曾使我陶醉在幸福中，可到如今卻不得不忍受分離的痛苦！威廉啊，我時時都在盼望著重回到她的身旁！

當我陪伴在夏綠蒂身邊時，經常連續兩、三個小時欣賞她優美典雅的舉止、精妙雋永的言談。我是如此全神貫注，激動、緊張、亢奮交織在一起，令我頭暈目眩，以致於眼前發黑、耳朵什麼也聽不見、喉頭如窒息般難受、心兒狂跳不已。我竭力讓自己鬆弛下來，但事與願違，反而更加迷亂了。威廉啊，這個時候，我自己也不清楚是否還活在這個世界上！

有時候，抑鬱控制了我，情緒低落到了極點，要不是夏綠蒂允許我伏在她手上痛哭，讓我得到一點可憐的慰藉的話，我就一定得馬上離開她，向野外跑去，否則……我徘徊在縱橫交錯的田間小道上，攀登上陡峭的山峰，遊蕩在濃蔭蔽日的森林裡，穿過滿是荊棘的灌木叢，讓它們刺破我的皮膚，撕碎我的衣服，我的心才因此好受一點兒，但也僅僅是那麼一點點！有時，我又渴又累，倒在路途上；有時，在深夜寂靜的山林裡，滿月陰冷的光輝寂寞地灑在我身上，我坐在一根彎曲的樹幹上，讓磨破的腳掌得到稍許休息，然後，在黎明前的困倦中沉沉睡去，寂寥地進入夢鄉……我的朋友，修道士寂寞的斗室、贖罪者的麻布粗衣和荊條腰帶，才是我靈魂渴求的甘露啊！

我的痛苦和悲傷，就像那永不枯竭的河水，綿綿不盡、無止無休，除非我踏進墳墓！

九月三日

我必須走了！我必須離開她了！

謝謝你，威廉，是你幫助我堅定了信心，讓我不再猶豫。已經十四天了，我一直徘徊在是走還是留的憂慮中。現在終於決定了。她又去城裡照料她的女友了，而阿爾伯特……還有……好啦，我必須走了！我必須離開她了！

九月十日

過了今夜，我再也不會見到她了，一切我都可以克服了！

威廉，此刻我恨不得撲進你懷裡，痛痛快快地哭一場，向你傾訴我的愁苦哀怨。現在我坐在窗前，為了讓自己平靜下來，深深地呼吸著帶著樹木清香的空氣，期待著黎明的來臨。當明天的太陽升起，我將騎馬離開這裡。

哦，今夜她會安然入睡的，就像過去的每一個夜晚，不會想到再也見不到我。我終於堅強起來，終於能夠離開她，而且，在今晚兩個小時的交談中，我絲毫沒有表露出來。上帝呵，這是怎樣的一個夜晚，怎樣的一次談話啊！

阿爾伯特答應我，晚餐後和夏綠蒂一起到花園裡來。我站在山坡上的栗子樹下，在這裡最後一次看夕陽西下，目送著它漸漸沉進幽靜的山谷，平緩的河流、遙遠的地平線……在蒼茫的暮色中，周圍的景物像披上一層神祕的面紗，朦朧、柔和、靜謐中靈動著一種令人震懾的氣息。曾幾何時，我和她站在這裡，一起欣賞著這壯麗的景色，然而現今……

在那條熟悉的林蔭小路上，我來回地踱著。早在認識夏綠蒂之前，這條小路對我就有著某種神祕的力量，時常吸引我來此駐足。在我們認識之後，發現彼此對這裡有著相同的感受，那股欣喜之情更是難以言表。

這條林蔭小路是我見過最富浪漫情調的藝術傑作。它完全隱藏在一片綠樹叢中，如果你要尋找它的影蹤，只有走到山坡上的栗子樹林中，眼前才會豁然開朗。高聳的山毛櫸樹像一道天然屏障擋住了人們的視線，小路被兩旁的灌木林和茂密的草叢遮擋著，使它顯得更加幽暗，形成一個與世隔絕的幽閉之所，寂靜淒涼，令人悚然。在一個正午，我第一次走進了這裡，當時的奇異心情現在還歷歷在目：我隱隱約約地預感到，它將是一個既讓人品嘗到許多幸福，又讓人體驗到無數痛苦的地方。

懷著令人銷魂的離別之情，我在林蔭小路上沉思了約半個小時，便聽見他們從山坡上走下來。我忙迎上前去，在接住夏綠蒂伸出的手那一瞬間，我不由得一怔，但很快就恢復了常態，低下頭去吻了吻。當我們再次登上山坡，月亮正從樹影婆娑的山崗上爬上來。我們一路聊著天，不覺來到了涼亭前。夏綠蒂在涼亭裡坐下來，我和阿爾伯特分別坐在她的身邊。然而，內心的不安讓我如坐針氈，我站起來，在涼亭裡踱步，之後又坐下，那情形可真令人難受啊。這時，月亮已當空高懸，銀色的光華灑向大地。只見在山毛櫸樹的盡頭，整個山坡在月光的照射下猶如白晝般明亮，與包圍著它的深邃幽靜相輝映，形成鮮明而觸目驚心的景象。我們沉默地注視著眼前的景色，深深為大自然的魅惑所震懾。過了好一會兒，夏綠蒂才開口說話：

「每當在月光下散步，我總會想起已故的親人，一種對死亡和未來的恐懼從心中油然而生。唉，我們都會死啊！」她有些激動地繼續說，「可是，維特，你說我們死後會再見嗎？見了面相互還認識嗎？你有沒有什麼預感？告訴我吧。」

「夏綠蒂，」我把手伸給她，眼裡含著淚說，「我們會再見的！無論在人間還是在天堂，我們都會再見的！」

我說不下去了。威廉，在我滿懷離愁之際，她卻偏偏這麼問，我的上帝啊！「我們已故的親人，」她又說，「他們是否還記得我們呢？他們能否感覺到，每每在幸福的時刻，我們會更加思念他們呢？在靜靜的夜晚，我時常坐在弟妹們中間，像當年母親坐在她的孩子們中間一樣，弟妹們圍著我，像當年圍著他們的母親一樣。每當這個時候，我的眼前就會浮現出母親的音容笑貌。我眼含熱淚，仰望天空，熱切期盼著她看看我，哪怕只是一眼，看看我是如何信守在她臨終時對她許下的諾言，代替她做孩子們的母親，全心全意地照顧他們。我甚至激動得幾乎哭喊出來：『親愛的媽媽，要是我沒能像您一樣無微不至地關懷他們，請您原諒我吧！我已經做了我能夠做的一切，全身心地照顧他們的生活，保護他們，愛他們。親愛的媽媽，我神聖的母親呀，您臨終時曾以痛苦的淚水祈求主保佑您的孩子們，如今，您要是能看到我們快樂地生活在一起，您將懷著最熱烈的感激之情讚美上帝，讚美全能仁慈的主……』」

夏綠蒂說啊說啊，彷彿永遠訴說不盡心中的無限感慨。威廉，誰能複述她的話呵，這冷漠而呆板的文字，怎能表達她那靈動的智慧呢？

阿爾伯特溫柔地打斷了她：

「親愛的夏綠蒂，妳太激動了。我知道，妳心裡一直掛念著這件事，不過我求求妳……」

「噢，阿爾伯特，」夏綠蒂沉浸在自己的思緒裡，動情地繼續說著，「我知道你一定不會忘記那個夜晚的。當時，爸爸因過度悲傷而出去了，弟妹們已上床睡覺，我倆一塊兒坐在那張小圓桌旁，你手裡拿著一本書卻無法閱讀。是啊，在這個世界上，還有什麼比和病榻上這個美麗的靈魂進行交流更為重要呢？她是多麼溫柔、端莊、快活而不知疲倦的女性啊！我常常跪在自己的床上，淚流滿面地祈求上帝讓我像她一樣！」

「夏綠蒂！」我再也無法控制自己，撲倒在她面前，抓住她的手，熱淚簌簌地流下來，滴落在她的手上。「夏綠蒂啊，上帝會保佑妳的，妳母親在天之靈也會保佑妳的！」

「唉，你要是認識她就好了，」夏綠蒂緊握著我的手說，「她值得你認識！」呵，我從來沒有受到過比這更崇高、更引以為豪的稱讚，不由得激情蕩漾。她繼續說：「可是，這樣一位女性卻不得不正當盛年就離開人世，那時她最小的兒子才六個月啊！病魔沒能折磨她多久，她走的時候平靜而安詳，只有孩子們令她放心不下，特別是最小的兒子。彌留之際，她要我把孩子們帶到病榻前，弟妹們圍在她身邊，小的幾個根本不懂將要發生的事，大的幾個也不知所措。她抬起手來為他們祝福，一個個地吻了他們，然後讓他們回到自己的房間。她拉著我的手說：『妳要做他們的母親啊！』我向她起誓之後，她接著說：『夏綠蒂，我的女兒，妳答應像母親一樣關心他們、照顧他們，這個擔子可不輕呀！不過，令媽媽感到欣慰的是，在過去的日子裡，妳經常表露出對媽媽的感激之情，可見妳已經體會到做個母親多麼不易。夏綠蒂，對妳的弟妹們，要有母親的慈愛，對妳的父親，要有妻子般的忠誠與溫柔。』說完這些話，她問起父親在哪兒。唉，我可憐的父親，這個男子漢已經肝腸寸斷，為了不讓我們看見他難以承受的悲傷，他一個人出去了。

哦，阿爾伯特，你當時也在她的房中。她見房間裡有人走動，便問是誰，並要你走到她床前。她凝視著你和我，目光安詳，流露出欣慰的神情。啊，那時她就已知道，我倆將在一起，將永遠幸福地在一起。」

阿爾伯特一把摟住夏綠蒂的脖子，忘情地吻著，並說道：「我們現在是幸福的，將來也會是幸福的。」

一向冷靜的阿爾伯特竟然也失去了自制。

「維特呵，」夏綠蒂說道，「我想，當我們生命中最親愛的人永遠地離去時，沒有誰比孩子們更令人感到痛心的了。後來，過了很長一段時間，我的弟妹們還跟別人說，一些黑衣人把他們的媽媽抬走了。」

夏綠蒂站起身來，而我仍然處於震驚之中，呆坐在那兒，緊攥著她的手。

「我們走吧，」她說，「時候不早了。」

她想縮回手，我卻握得更緊。

「我們會再見的，」我大聲說道，「我們還會相聚，無論將來變成什麼樣，都能彼此認出來的。我要走了，心甘情願地走了，可我不會永遠地離開你們的。保重吧，夏綠蒂！保重吧，阿爾伯特！我們會再見的。」

「我想就在明天吧。」夏綠蒂微笑著說，然後抽回了手。

天哪！明天？她壓根兒就不知道呵……

他們走出了林蔭小路。我呆立在原地，目送著他們的背影，隨後撲倒在地，失聲痛哭起來，旋即從地上躍起，奔上山坡的更高處。從那兒眺望，在柔和的月光下，她的白色衣裙在高高的菩提樹陰影裡閃動，猶如夢幻一樣，我伸出手想要碰觸，她的倩影卻已消失在園門裡。

第二編

一七七一年十月二十日

我們昨天抵達了這個地方。公使感覺身體不適，要在家休息幾天。唉，公使要是脾氣好一點、待人隨和一點，一切就好了。我發現，命運總是給我各種各樣嚴峻的考驗，我可要鼓起勇氣呵。

威廉，我只要放鬆心情，什麼事都能對付得了。好個放鬆心情呵！這話竟出自我的筆下，簡直令人好笑。其實，我的心情不用完全放鬆下來，只要稍稍放鬆那麼一點點，就可以成為一個很完美（幸福、滿足）的人了。要知道，那些人只有那麼一點點能力、一點點才氣，便可以到處誇耀，我為什麼還要悲觀失望，對自己的能力和天賦產生懷疑呢？仁慈的上帝啊，你為什麼不少給我一些才能，多給我一些自信呢？

「別急！情況會好起來的。」好朋友，你的勸告完全正確。在每天的忙碌中，我見識了人們究竟在做什麼以及怎麼做，其實也不過爾爾，我根本不必為自己擔心，心情於是好多了。是的，我們生來就喜歡拿自己和他人比較，因此，我們是否感到幸福或滿足，完全取決於與之相比較的是什麼人，而我們最大的痛苦則莫過於離群索居。

渴望完美是人的天性，加之受到富於想像的詩的激發，我們時常臆造出一些比自己更加優秀的人，他們個個比我們傑出，個個比我們完美；此外，我們總是覺得自身存在著這樣那樣的缺點，而我們所欠缺的，正是他們所具備的；不僅如此，我們還把自己所有的優點全都給了他們。這樣，懷著一種滿足感，一個完美無缺的人誕生了，但那不過是我們的幻想所創造的，而我們依舊沒有任何改變。

反之，假如我們不再抱怨自身的缺點，只管一步步地往前走，我們將會發現，雖然步履蹣跚，有時還可能誤入歧途，卻仍然可以比那些各方面條件都優越的人走得遠；而且，一旦追趕上他們，甚至超越了他們，就會充分認識到自身的真正價值。

十一月二十六日

現在我勉強適應了這裡的生活。讓我感到高興的是，我有足夠多的事情可做，此外，這裡的人很多，千姿百態、形形色色，就像在看一幕幕熱鬧而有趣的喜劇。

最近，我結識了C伯爵。他見多識廣，待人真誠熱情，很重感情和友誼，是一位令我尊敬的博學而傑出的人。我們相識純屬偶然。有一次，我因為公事去拜訪伯爵，他對我頗有好感，一番交談之後，發現彼此能互相瞭解，他完全把我當成知己，而且，我從未見過如此坦率的人。世間最純粹、最溫馨、最快樂的事情，莫過於一個偉大的心靈對自己敞開胸懷吧。

十二月二十四日

我早就料到公使會給我帶來許多煩惱，像他這樣吹毛求疵的人，世上找不出第二個。公使做事刻板固執，說話囉嗦嘮叨，他就連對自己都從未滿意過，更不要說對別人了，誰也不能令他稱心如意。我做事乾淨俐落，他卻拖泥帶水，總是要我反覆修改我的公文稿，還說什麼「文章寫得蠻不錯的，不過不妨再檢查檢查，多檢查一遍，說不定可以找到更漂亮的句子、更恰當的用詞。」把我氣得要命。此外，依照他對文稿的標準，任何一個連接詞都甭想省去，偶爾使用倒裝句也不行，假如把長句寫得變了味，他更會顯出一副不滿的神情。唉，和這樣的人打交道，真是受罪啊。

不過，C伯爵的信任給了我安慰。最近，伯爵坦率地告訴我，他對公使的拖沓和多疑也很不滿。「這種人不僅自討苦吃，而且還給他人增添麻煩。不過，」伯爵說，「我們必須面對，就像旅行者不得不翻越橫亙在面前的一座山一樣。如果沒有山的阻擋，當然舒坦得多，旅程也要短得多，不過既然有一座山在那兒，就必須翻越過去。」

公使心裡很清楚，比起他來伯爵更器重我，他對此十分生氣，一抓住機會就在我面前數落伯爵的不是；而我肯定會為伯爵辯護的，這樣一來，我和公使之間的關係就更糟了。昨天，公使的一席話讓我感覺連我也罵了進去，一下子把我惹火了，與他激烈地爭執起來，毫不讓步。他說，伯爵處理事務還算不錯，非常幹練，文筆也好，可是就像所有文人一樣，缺乏淵博的知識。他說話時的神情彷彿在故意挑釁：「怎麼，刺痛你了吧？」他的這種想法和行為令我鄙視，於是針鋒相對地說：「無論人品或學識，伯爵都是一位值得尊敬的人，而且，在我所認識的人中，沒有誰像他那樣心胸寬廣、博學多才，同時又精於日常事務的了。」當然，我的這番話公使是決然不會苟同的。為了避免繼續爭執下去再找氣嘔，我便告辭了。

瞧，這都怪你們，都是你們成天在我耳邊嘮嘮叨叨「要有所作為」，結果我給自己戴上了沉重的枷鎖。哼，有所作為！我想就連一個種馬鈴薯的農民都比我更有作為！如果不是這樣的話，我倒甘願在這條囚禁我的苦役船上再受十年罪。

此外，小市民們的虛榮與無聊也讓我無法忍受。這兒的社會風氣很強調等級觀念，處處都計較社會地位、身分，時時都想著高人一等，竟把人類這種最可悲、最低下的欲望赤裸裸地表現出來。有一個女人逢人便炫耀她的貴族血統和領地，不瞭解這兒的社會情況的人都只當她神經有毛病，要不然怎麼會把那麼一點點的貴族血統和世襲領地看得如此了不起。更糟糕的是，這個女人只不過是當地一名書記官的女兒。我真不明白，他們怎麼會這麼不知廉恥。

不過我已經越來越清楚了，以自己的觀念或標準去衡量別人是很愚蠢的，更何況我自己的事已夠傷腦筋的了，我的這顆心至今還沒有平靜啊。唉，我的要求並不多，只要不彼此妨礙，大家各走各的路吧。

然而，市民階層的可悲處境卻令我感到最為煩惱。儘管我瞭解等級差別的存在是必要的，它也給我帶來了不少好處，但同時它又妨礙著我，使我不能享受這世間僅存的一點點歡樂、一點點幸福。最近，我在散步時認識了封・B小姐，在這樣一個迂腐的環境中，她卻不失其自然天性，十分可愛。我和她談得很融洽，臨別時請她允許我去她家拜訪，她大方地答應了，這讓我更加盼著約定的時間到來。封・B小姐不是本地人，住在她的一位姑媽家裡。儘管我不喜歡她姑媽，但仍然不失禮貌，多數時間都在和她周旋。然而不到半小時我便大致弄清了她的情況，後來封・B小姐的說法也印證了我的猜測。她姑媽現在過得並不如意，除了擁有可作為談資的世襲貴族頭銜外，既無一筆符合身分的財產，又無一個可依靠的人，唯一的消遣就是從樓上俯視街上過往的人群。據說，她姑媽年輕時是蠻漂亮的，只是由於行事太過工於算計，把不少追求她的年輕人折磨得夠嗆，大家都退避三舍，以致荒蕪了青春年華。等到上了些年紀，她只好屈就於一位完全順從於她的老軍人，依靠老軍人的微薄收入勉強度日。他們在一起度過了一段艱難的歲月，隨後老軍人就一命嗚呼了，把她孤零零地留在世上，過著同樣艱難的生活。唉，要不是因為她的外甥女如此可愛，誰高興去看她呀。

一七七二年一月八日

真不知這是些什麼人，一天到晚，心裡盤算著的都是如何抬高身分，比如在宴席上怎樣才能使自己的座位往上挪一個位置。這些人並非無事可幹，可他們寧願整天忙於這些無聊的事，也不去做許多等著他們去辦的要緊事。上星期，在乘雪橇出遊時，一群人就為了座次安排的問題而爭吵起來，結果弄得十分掃興。

這幫無知的傻瓜，真是可笑又可憐，他們完全不明白位置先後毫無意義，不明白歷史上那些坐上第一把交椅的，往往並不是最舉足輕重的人！古往今來，不知有多少帝王受制於自己的大臣，又有多少大臣為自己的助手所操縱！那麼，誰才是真正擁有最大權利的人物呢？我認為，是那些憑藉超凡的膽識、魄力和智慧，調動他人的力量來實現自己目標的人。

一月二十日

親愛的夏綠蒂，為了躲避一場暴風雪，我逗留在一家鄉村小客棧裡。哦，已經有很長一段時間沒有給妳寫信了！只要我還受困於D城那個可悲的地方，還忙碌於那些無聊的人中間，我就無法給妳寫信。只有像此時此刻，在這樣的地方，我才有心情和妳交流。風雪在曠野中呼嘯，冰雹敲打著窗戶，我的心是如此寂寞惆悵，第一個思念的人就是妳。夏綠蒂呵，妳的倩影浮現在我眼前，喚起我對妳的回憶，是那麼的聖潔、溫馨，這是仁慈的上帝賜予我的久違了的幸福時刻啊！

親愛的，妳不知道我現在變得多麼心神不寧、感覺遲鈍！我沒有一刻感到過充實，沒有一刻感到過幸福，全都是空虛呀！我好像站在一架放映機前，看見人啊馬啊，各種各樣的東西在我眼前轉來轉去，懷疑這一切是不是光學的把戲？我也參與到這個把戲中，更準確地說，像個被人玩弄的木偶，不小心碰到旁邊一個人的手，便嚇得發抖，趕緊縮了回來。

每天晚上，我都決心要欣賞第二天早晨的日出，可到了早晨卻起不了床；每個白天，我都期盼能欣賞到月色，可夜幕降臨時卻不願踏出房門。我真不明白，自己為什麼要醒來，又是為什麼要睡去？

我想，我的生活缺少動力，那種使我深夜精神飽滿、清晨興奮不已的激情，已從我身上消失殆盡了。

我在這裡只結識了一個姑娘，名字叫封•B。親愛的夏綠蒂，如果說還有誰像妳的話，那就是她了，她是多麼像妳啊。妳或許會說：「瞧，你這個人多會獻殷勤喲。」這麼說也不無道理。這些日子以來，我的確變得禮貌多了，也聰明多了，女士們都說誰也不如我會說奉承話。你可能還會補充道：「還有騙人的話。」可不這麼做不行呵！我還是繼續說說封•B小姐吧：她有一雙清澈明亮的藍眼睛，是一個很重感情的姑娘，貴族身分對她來說只是一種負擔，滿足不了她心中的任何一個願望。她渴望離開喧囂的人群，幻想著過一種田園式的純淨幸福生活。哦，我時常跟她談起妳，她是那麼崇拜妳、那麼愛妳。

啊，但願我能回到妳的身邊，坐在妳的腳邊，坐在那舒適可愛的小房間裡，看著孩子們在我們周圍打鬧嬉戲。如果妳覺得他們太吵，我可以讓他們聚到我身邊來，安安靜靜地聽我講恐怖故事。

在閃耀著白雪寒光的原野上，美麗的夕陽慢慢地沉落下去。暴風雪已經停止了呼嘯，我又得把自己關進那個可悲而無聊的牢籠中……

再見，夏綠蒂！阿爾伯特和妳在一起嗎？妳的生活過得……上帝啊，饒恕我問這樣的問題吧，我是情不自禁啊！

二月八日

儘管幾天來天氣糟糕到了極點，但我卻很高興。自從來到這裡之後，沒有一個晴朗的日子不是被破壞了的，總是把自己弄得不痛快。「哈哈，雨、雪、風、霜儘管來吧。」我想，「反正待在屋子裡也不比待在外面差，不，應該說要好得多。」

清晨，每當旭日東升，預示著又是一個晴朗的日子，我便忍不住大聲喊道：「上帝今天又賜予了一個恩惠，好讓他們你爭我奪啦！」為了榮譽、身分、地位、健康、快樂，他們拚命地爭搶著，真是太愚昧無知了。可他們卻不這麼認為，反而覺得這是理所應當的。有時候，我真想跪下去懇求他們，不要再這麼瘋狂地幹那些無聊事了。

二月十七日

我想，我和公使一起共事的時間不會太久了。他這人簡直讓人受不了，辦事和處理問題的方式都很可笑，我有時會說出自己的看法，有時乾脆就按自己的想法把事情辦了，結果卻令他非常不滿。最近，公使到宮廷裡去告了我一狀，部長斥責了我，儘管語氣相當緩和，但我仍認為自尊心受到了傷害。我準備遞交辭呈的時候，卻收到部長的一封親筆信①。這是怎樣的一封信啊，在那充滿著高尚、睿智的思想面前，我佩服得五體投地！部長責備我有些偏激，說我對辦事效率、影響他人、干預政務等等問題的種種看法和設想，表現出年輕人的朝氣和敏銳，值得尊重，卻有點操之過急。他希望我提出想法時要和緩一點，慢慢引導，這樣才能產生積極的影響。讀了這封信，我感到深受鼓舞，好幾天心情都格外舒暢。

我的朋友，內心的歡樂簡直就是一件珍寶，珍貴無比、絢麗迷人，不過，要是它不易破碎該有多麼美妙啊！

①出於對這位傑出人物的尊重，編者略去了書中的這封信和後來提及的另一封信。編者認為，即使讀者希望讀到這些信，但公布信的內容仍然是冒失的舉動，是不可原諒的。（作者注）

二月二十日

上帝保佑你們，親愛的朋友，願我失去的所有美好日子都賜予你們吧！

謝謝你，阿爾伯特，謝謝你隱瞞了實情。我一直在等待著你們結婚的消息，並決定當這一天到來的時候，將取下夏綠蒂的剪影畫，把它和其他的畫放在一起。然而，現在你們已結為夫妻，但她的畫像仍然掛在我的牆上。哦，還是讓它永遠地掛著吧，因為我的身影也依然留在你們心中，留在夏綠蒂的心中，而且並不妨礙你們。是的，我在夏綠蒂的心中占據著一個位置，並希望永遠這樣保持下去，而且必須這樣保持下去。如果她把我忘了，我一定會瘋狂的……這個想法太可怕了。

再見了，阿爾伯特！再見了，夏綠蒂！

三月十五日

威廉，我遇到了一些倒楣的事情，看來我一定得離開這裡了，而且絕無任何挽回的餘地。這些事想來都令人感到憤怒，噢，讓它見鬼去吧！真該埋怨你們，就是因為你們的鼓動，我才接受這份與我的性情完全不合的差事，這下可好了！不過，為了不讓你又認為是我思想偏激才把一切弄得一團糟，現在請你聽聽下面這段故事吧——我將如實陳述。

我已經對你說過很多次了，C伯爵十分器重我、喜歡我。昨天，伯爵邀請我去他家吃飯，可碰巧當晚是本地的貴族男女在他家聚會的日子，而且，我也沒有留意到，像我這樣的小人物是不容許插足於他們之中的。晚餐結束之後，我和伯爵在大廳聊天，後來又來了一位上校，他也加入我們的談話中，不知不覺間，聚會的時間到了，而我卻完全把這件事給忘了。這時，最最高貴的封‧S太太帶著她的丈夫，以及她那胸部扁平、腰肢纖細的千金走了進來，在經過我身邊時，高昂地仰著他們那世襲貴族的面孔，一副輕蔑不屑的樣子。我從心底討厭這類人，打算等伯爵與他們寒暄完就告辭，誰知這時封‧B小姐來了，我每次見到她總感到幾分欣喜，於是便留了下來。我站在她的椅子背後與她交談，可過了一會兒，我發現她不像平時那樣隨便，表情頗為尷尬。「原來她也跟那幫傢伙一樣！」我感到十分驚訝，心中暗想道。我本來有些生氣，準備馬上離開，卻還是留了下來，因為我不相信她真會如此，希望是我錯怪了她，期盼著從她口中能說出一句讓我感到寬慰的話，並且……誰知道我還期盼什麼呢？

這期間，聚會的人已經到齊了：有身著參加佛朗茨一世①加冕儀式時的全套盛裝的F男爵；有宮廷顧問R和他的聾子太太，在這種場合他被鄭重地稱為封‧R大人；還有捉襟見肘的J，他那滿是窟窿的老古董禮服上打著許多新補丁。聚在一起的就是這樣的人物。我與其中認識的人攀談，他們卻全都做出一副愛理不理的樣子，我想……我只留心著B小姐，完全沒有注意到女人們湊到大廳的一角嘰嘰咕咕，男人們後來也是如此，而封‧S夫人則一個勁兒地在對伯爵說些什麼（這些都是B小姐事後告訴我的）。直到伯爵向我走來，把我領到一扇窗戶前。

「您瞭解我們所處的這個特殊環境。」他說，「參加聚會的這些人對您的在場感到不滿，儘管我本人說什麼也不想……」

「閣下，」我截住他的話，微笑著說道，「請您原諒，讓您為難了，我早該想到才對呵。不過，我知道您會恕我失禮的。我原本早就打算告辭，卻被一個幽靈留住了。」然後向伯爵鞠了一躬。

伯爵緊緊地握著我的手，意味深長。我默默地走出了一群貴族聚會的大廳，在門外叫了一輛輕便馬車，向M地急駛而去。在連綿起伏的群山懷抱裡，我一邊欣賞落日，一邊讀我的荷馬，聆聽他吟唱奧德修斯如何受好客的牧豬人款待……一切都是多麼的美好啊！

傍晚的時候，我回到了公寓，客廳裡只有幾個人在那兒擲骰子，情緒激動得把桌布都掀了起來。這時，為人真誠的阿德林走了進來，他脫下帽子，靠近我低聲說道：

「你碰釘子了？」

「我？」我問。

「是呀，伯爵把你從聚會上趕出來了。」

「見他們的鬼！」我說，「我倒寧願出來呼吸新鮮空氣呐。」

「你一點也不在乎，這就好了。」阿德林說道，「可是，令人討厭的是，現在這件事已經鬧得沸沸揚揚了。」

直到這個時候，我才意識到事情有些不妙。突然，我有種不自在的感覺，環顧四周，原來所有來進餐的人都在看著我！

真令人煩惱啊！無論我走到哪裡，人們都會向我投來異樣的目光：同情、嘲諷、幸災樂禍。甚至到今天仍然如此。我聽見一些原本就嫉妒我的人洋洋得意地說：「那些妄自尊大的傢伙會有怎樣的下場，這下瞧見了吧！不要憑著一點小聰明就以為自己了不起，把一切都不放在眼裡……」面對鋪天蓋地的冷嘲熱諷，我真恨不得抓起一把劍，深深地刺進自己的胸膛。或許你們會用「不用理睬、走自己的路」等諸如此類的話來勸解我，可是，換成是你們，有多少人能忍受占了上風的無賴們對自己說三道四？更令人煩惱的是，如果他們是憑空捏造的那倒罷了，可他們說的卻是……唉！

①佛朗茨一世（一七〇八—一七六五），德意志「神聖羅馬帝國」的皇帝，一七四五年加冕。

三月十六日

最近不知怎麼了，什麼事都讓我生氣。今天在大街上遇見B小姐，我們避開人群之後，我對她那天在聚會上的態度表示不滿。

「哦，維特，」她語氣親切地說，「你是瞭解我的，怎麼可以這樣看待我當時的尷尬不安呢？從我走進大廳的那一刻起，我就為你感到難過啊！我已預感到將會發生什麼事，無數次想提醒你，只是話到嘴邊卻始終沒有說出來。我知道，封・S和封・T寧願帶著她們的丈夫離開，也絕不肯和你在一起，而伯爵也不好得罪這些世襲的貴族們……現在可熱鬧啦！」

「現在怎麼啦？」我急切地問道，並竭力掩飾著內心的恐慌。此刻，我想起前天阿德林在客廳裡告訴我的一些事情，禁不住心跳加快、脈搏加速、血液急速地流動。

「你害得我好苦啊！」說這話的時候，可愛的B小姐眼裡竟滿是淚水。

我有些控制不住自己的情緒，幾乎是哀求道：「究竟發生了什麼事，請說出來吧！」

眼淚順著她的臉頰淌下來，我完全失去控制，跪倒在她的腳下。她並沒有試圖掩飾自己，只是用手絹擦了擦眼淚。

「當時，我的姑媽也在場，」她開始說，「她是以怎樣的目光盯著你呵！維特，我好不容易才熬過了昨天晚上，今天又因為和你交往而遭到一頓訓斥，還不得不聽她貶低你，卻絲毫不能為你辯解。」

她的每一句話都像一把利劍，深深地刺痛了我的心。她完全不明白，如果她不告訴我這一切，對我來說是多麼大的仁慈。她還以真誠同情的語調告訴我有些什麼樣的流言蜚語、哪些人因此幸災樂禍，說那些一直指責我目中無人的傢伙樂不可支，對我遭受到報應更是心花怒放……聽著聽著，我的呼吸急促起來，脈搏瘋狂地跳動，憤怒使我感覺血液就像要噴射而出，就是現在也仍然怒火中燒。那個時候，我真希望誰有膽量站出來，公開地指責我，我便可以給他一劍，也許鮮血會平息我心中的怒火。噢，曾經無數次，我恨不得用利劍刺破自己的胸膛，把這些日子以來積鬱在心的悶氣釋放出去。據說有一種十分珍貴的馬，當它狂奔不已時，便會本能地咬破自己的血管，呼吸就會平緩下來。現在的我如同這種疾馳的馬，渴望著劃破自己的動脈，讓躁動不安的靈魂獲得永恆的自由。

三月二十四日

我已經向宮廷提交辭呈，但願能儘快得到批准。這件事沒有事先徵得你們的同意，希望不要責怪我。我知道你們準備說些什麼話來挽留我，但這裡的一切都已結束了，我去意已決。此外，請你把我辭職的事盡可能委婉地告訴我母親，我實在不知該如何面對她，既然不能使她滿意，那就只有求得她的原諒了。我想，母親得到這個消息後一定會難過的，在她看來，已經做了樞密顧問的兒子，他的未來就是成為公使，但美好的前程卻就此斷送了！唉，隨你們怎麼想，隨你們說出多少我應該留下的理由，反正我是非走不可了。

離開這裡之後，我將去向何方呢？告訴你吧，有一位侯爵很樂於與我交往，當他得知我打算辭職後，便邀請我去他的獵莊，和他共度一個陽光明媚、鳥語花香的春天。我和他在某些方面都有共識，能夠相互理解，我想碰碰自己的運氣，決定到時候隨他一塊兒去。

補記

四月十九日

謝謝你的兩封來信。請你原諒，給你的回信我一直沒有發出去，一是因為在等辭呈批下來，二是擔心母親過早知道此事會去找部長，使我的計畫落空。眼下一切都好了，什麼事都過去了，辭呈已經擺在我面前。我不想過多地告訴你們，宮廷是多麼不願意批准我的辭呈，以及部長在信中寫了些什麼，否則你們又該抱怨我了。親王贈予我二十五個杜卡盾作為補償，我感動得幾乎掉下淚來。請告訴我母親，我最近的一封信中要的那筆錢就不必寄來了。

五月五日

我明天就將離開這兒，隨侯爵去他的獵莊。我們途經的某地距離我故鄉只有六英哩，我打算回去看看，重溫往昔那充滿幸福夢想的日子。當初，我的父親去世以後，母親帶著我離開了美麗的家園，置身於牢籠般的城市，如今我將走進那道我們曾經離開的家門。

再見，威廉，我沿途會給你寫信的。

五月九日

懷著朝聖者的虔誠，我結束了我的故鄉之行，某種溫馨的情感從我心底油然而生。

乘車出發向S地走大約一刻鐘，那裡有一株碩大的菩提樹，我要車夫停下來，然後下了車，並讓郵車開走了。我準備步行回到兒時的地方，細細品味周圍的景色，慢慢喚起對往事的回憶。站在菩提樹下，想起小時候曾無數次散步到這裡，不禁感慨萬千，真是世事無常啊！當初，無憂無慮的我多麼渴望奔向外面的世界，去尋找豐富的精神食糧、無盡的人生快樂，使焦躁不安的心得以平靜、獲得滿足。到如今，我從廣闊的世界裡歸來，希望卻已經一個個破滅，理想也消失殆盡。

那些山峰仍然突兀地聳立在荒野中，我曾經多麼渴望登上山巔，看看山那邊的景色。兒時的我曾經連續數小時坐在菩提樹下，心兒卻早已飛越山巔，神遊在高山之外的森林和峽谷，感覺是那麼親切溫馨、神祕莫測，而每當該回家的時候，我總是戀戀不捨，不願離去。

城市漸漸出現在眼前。看著那些古老而熟悉的花園房屋，我感到快樂無比，而那些新修的建築卻令我反感，一如其他所有人為的改變。踏入城門，一股強烈的情感從我心底湧起：我回家了！威廉，一切對我來說都是那麼富有魅力，可我不想細談自己的感受，因為這個時刻任何語言都顯得蒼白。我決定下榻在市集廣場附近，那兒緊靠著我家的老房子。在城中四處漫步，我看見了童年時代的教室，不禁讓我想起那位認真的老太太——我的老師，回味起在這間小屋裡經歷的不安、迷惘和恐懼。如今這兒已經變成一家雜貨鋪。呵，幾乎每走一步，都有可以吸引我注意的東西，即使是一個朝聖者來到嚮往的聖城，也不會如我有這般多值得紀念的地方，也很難有如我這般神聖的情感。在此，我從這次無數的經歷中選取一例為證。

我沿河而下，來到一個農場，從前我也常來這兒玩耍，男孩子們在附近的河邊用扁平的石塊打水漂兒。我還清楚地記得，孩提時的我站在岸邊，望著輕輕流淌的河水，目送著它奔向遠方，心中充滿了奇妙的感覺，腦海裡想像著河水流經的那些不可思議的地方；儘管我的想像力有限，但仍然努力著，直到忘情於一個遙遠的地方。我的朋友，我們的祖先儘管孤陋寡聞，但卻非常幸福，他們的情感和詩歌是那樣的淳樸天真——當奧德修斯談起無限的大海和無邊的大地時，是多麼真摯、幼稚和神祕呵！現在，儘管我可以告訴每一個孩子地球是圓的，可對我有什麼意義呢？一個人只需要小小的一塊土地就可以安居樂業了，而人的安息之所需要的地方就更小了。

眼下我已住進侯爵的獵莊。

侯爵待人真誠隨和，比較好相處，但他周圍的人卻有些令人琢磨不透。他們似乎並非奸詐之徒，但也不像什麼正派人，有時我覺得他們是誠實的，但仍然難以信賴他們。侯爵最令我感到不快的是，時常人云亦云，喜歡高談闊論。

侯爵看重我的智慧和才氣，勝過看重我的這顆心。而我唯一的驕傲就是我的心，它是我一切力量、幸福、痛苦以及其他所有一切的唯一源泉！我所知道的誰都可以知道，唯獨這顆心為我所獨有。

五月二十五日

我曾有過一個計畫，在實現它之前本不想告訴你，不過現在已經無法達成心願了，告訴你也無妨。

我曾經想去從軍！這個想法在我心中由來已久，我之所以願意隨侯爵來到這裡，主要目的就在於此，因為他是一名現役將軍。有一天我們一起散步時，我告訴他我的打算，但侯爵卻勸我打消這個念頭，除非我真的有此熱情，而不是一時胡思亂想，否則一定要聽從他的規勸。

六月十一日

威廉，隨你怎麼說我，反正我在這兒待膩了，整天感到煩躁不安，我得走了。我繼續留在這兒幹嘛呢？每天都顯得那麼漫長，心裡難受極了。侯爵待我好得不能再好，但我們之間缺乏共同語言，這讓我感到很不自在。侯爵在很多方面都有興趣，並具備一定的理解力，不過是平庸的理解力，與他交談帶給我的愉悅，不見得比讀一本好書多。我準備再待八天，然後四處漂泊。這些日子以來，我在這裡所做最有意義的事就是畫畫。侯爵頗具藝術感受力，不過，要是他的思想不侷限於討厭的概念和流行術語，他對藝術的理解會更深刻一些。曾有很多次，正當我興致勃勃地語他談論著自然與藝術，他卻突然從嘴裡冒出一句術語，害我頓時興趣全無。

六月十六日

唉，我不過是個漂泊者，一個地球上來去匆匆的過客，你們不也是嗎？

六月十八日

你問我打算去哪裡？我還得在這兒逗留十四天，然後準備去參觀X地的一個礦井。不過，實話對你說吧，去不去礦井並沒有什麼關係，我的目的是想藉此機會離夏綠蒂近一些。寫到這兒，我自己也不禁啞然失笑，笑我這顆心太癡狂，但我願意這麼縱容它。

七月二十九日

噢，這樣很好，沒有什麼比這樣更好的了！我……她的丈夫！上帝啊，你創造了我，假如你能夠再賜予我這樣的幸福，那我將用我的一生來侍奉你。我無力與命運抗爭，饒恕我的眼淚吧，饒恕我的癡心妄想吧——讓她做我的妻子！如果我能夠擁有這個世上最可愛的人兒，即使我……

每當看見阿爾伯特摟著她的纖腰，威廉呵，我的全身都會禁不住顫慄。

可是，威廉，事情原本不該這樣的啊，為什麼我不能說出真相呢？她和我在一起比和他在一起更幸福！他不是那種能滿足她心中所有願望的人，他的心不敏感，缺乏某種……你自己去體會吧。總而言之，在讀到一本好書時，或者當我們對某種行為發表感想時，他不會產生強烈的共鳴，完全不像我和夏綠蒂那樣。親愛的威廉，儘管他一心一意地愛著她，但他的愛可以用任何別的東西來報償啊！

一個討厭的來訪者打斷了我。我的淚水已乾，我的心兒已亂，再見吧，我的朋友！

八月四日

這個世界不只我一個人有這樣的處境呵！許多人都感到失望，許多人都遭到命運的欺騙。

還記得我在菩提樹下遇到的那位賢慧婦人嗎？我去看望了她和她的三個兒子，她的家就在那附近。遠遠地望見我，她的大兒子就連忙跑過來迎接。聽到孩子的歡叫聲，那位婦人從屋子裡走了出來，臉上寫滿了憂傷。她對我說：「先生，我的漢斯死了。」漢斯就是她最小的兒子。我無言以對。「還有我的丈夫，」她繼續說，「他兩手空空地從瑞士回來了，要不是遇上一些好心人，他不討飯回家才怪吶。唉，回來的路上他又得了寒熱病。」我不知該說些什麼來安慰她，只是給了她孩子一些錢。她送給我幾顆蘋果，我接受了，然後帶著憂傷的回憶離開了那個地方。

八月二十一日

人的命運真是瞬息萬變啊！有幾次，我的眼前閃現出生活歡愉的光輝，只是轉瞬即逝！每當我陷入幻想之中，便不禁會產生這樣的想法：「要是阿爾伯特死了，一切又將怎樣呢？哦，是的，她一定會……」隨後，我便開始胡思亂想，直到走到懸崖邊緣，嚇得渾身顫慄著往後退。

我走出門去，來到當初接夏綠蒂參加舞會的那條林蔭路上。我走啊走啊，想要尋覓那曾經熟悉的一草一木，可是一切都已物似人非，一切都如過眼雲煙。昔日的景致沒有留下一絲痕跡，我的心境恰如一個重返古堡的幽靈：他曾經貴為地位顯赫的王侯，精心建造了這座古堡，為它增添富麗堂皇的奢華裝飾，臨終時又滿懷希望地把它託付給愛子；可故地重遊時，卻發現往昔金碧輝煌的古堡，已成了一片廢墟。

九月三日

有時，我真的無法理解，除了我，別人怎麼能夠去愛她，怎麼可以去愛她？要知道，我愛她是愛得如此專注，如此深沉，如此忘我。除了愛她，我一無所知、一無所想、一無所求啊！

九月四日

正如季節已進入秋天，我的心中也是一派秋意，我的樹葉即將枯萎，而鄰近我的樹木已經落葉飄零。

我剛到瓦爾海姆的時候，曾經對你談起過一個青年農民，這次我來這裡後又打聽到他的消息。人們只是告訴我他已被解僱，除此之外就什麼也不肯說了。昨天，在通往鄰村的路上，我恰好遇見他，我們聊了起來。他給我講了他的故事，如果我現在告訴你他的一切，你將會理解我為何感動不已。可是，我為什麼要講他的故事，為什麼不把所有令我傷感的事藏在心裡，而讓你和我一樣難受呢？為什麼我要給你無數次的機會讓你來憐憫我呢？唉，隨它去吧，我還是要告訴你，這也許就是我的命吧！

經我詢問，這位青年農民才帶著幾多哀愁——也許還有幾分羞怯，講起了他的故事。不過他一開口，就彷彿突然重新認識了自己，態度變得十分坦率，還承認了自己所犯的錯誤，並抱怨自己的不幸。威廉，現在請你來做出判斷吧。

他承認，不，他是在傾訴，帶著一種回憶往事時甜蜜而又幸福的神情。他對女主人的感情與日俱增，到後來變得六神無主、坐臥不寧，吃不下、睡不好，不知道自己該說什麼、該幹什麼。不該他做的活兒他做了，該他做的又給忘了，一天到晚就像著了魔似的。直到有一天，當她一個人在閣樓上的時候，他便跟了過去，更確切地說是被吸引了過去。可是，她怎麼也不肯接受他的請求，情急之下，他也不知自己是怎麼回事，竟然想對她動起粗來。不過，上帝作證，他對她心懷坦蕩，別無其他欲念，只是想娶她，一起度過以後的每一天。他慢慢地講述著他的故事，在說了很長一段時間之後，他變得有些猶疑，似乎想說什麼可又不好意思說出來。後來他還是難為情地向我坦白，她允許他對她做出一些小小的親熱動作，同意他們做朋友。後來，他曾兩、三次中斷敘述，反覆申明他講這些不是想敗壞她的名譽，他仍像過去一樣敬重她、愛她，如果不是為了讓我相信他並非一個失去理智的人，他絕不會告訴我這些事。

我的朋友，我又要老調重彈了：當時的情景，直到現在都還清晰地印在我的腦海裡，假如我能讓你想像出他的樣子，那該多好啊！假如我能準確地向你講述一切，讓你感覺出我是多麼同情他，那該多好啊！威廉，你瞭解我的人生經歷，也瞭解我，你應該清楚究竟是什麼使我的心向著不幸的人，尤其是這位年輕人。

重讀這封信時，我發現忘了告訴你故事的結局，不過我想那是很容易猜到的。他的女主人最終還是沒有接受他，她的弟弟也插手了這件事。其實，女主人的弟弟恨他恨得不得了，早就想把他趕走，生怕自己的姊姊一旦結婚，他的孩子們就會失去財產繼承權。不過，因為她沒有孩子，他的孩子們看起來的確大有希望。她的兄弟不僅趕走了這個年輕人，而且還向外大肆張揚，弄得她即使再想讓他回去也不可能了。現在，她已經另外僱了一個人，而為了這個新來的年輕人，據說她又和自己的弟弟吵翻了，人們斷定她會嫁給他，但她的弟弟卻堅決反對。

我所講的一切絕無誇大，也沒有任何刻意粉飾，反倒是由於我們習慣了使用文雅的語言，使得故事失去了原有的韻味，沒有他講述得那麼來勁兒了。

這樣的愛情，這樣的執著，這樣的誠摯，絕不是詩人可以杜撰出來的。如此純樸的情感，只有在那個我們稱之為沒有教養的、粗俗的階層中才能找到，而我們這些所謂有教養的人卻永遠無法得到。威廉，懇求你了，好好地讀讀這個故事吧。今天因為重溫了這個故事，我的心情格外平靜，你從我的字跡上也看得出，我不像以往那麼心慌意亂。仔細地讀吧，親愛的威廉，並想著這也是你朋友的故事。難道不是嗎？我的遭遇和他一樣，過去如此，將來也如此，只是和這位不幸的人比起來，我的勇敢和堅決還不及他的一半，我甚至沒有拿自己和他相比的勇氣。

九月五日

夏綠蒂的丈夫去鄉下辦事要回來了，她留了一張便條給他，開頭是這樣的：「親愛的，我的好人，快回來吧，我懷著無比喜悅的心情期待著你。」不久，一位朋友帶來消息，說阿爾伯特還有些事務未處理，不能馬上回來，這張便條就一直擺在桌上。當晚，我看見這張便條，一邊讀一邊微笑起來，夏綠蒂詫異地問我笑什麼。

「人的想像力真是神賜予的最好禮物，」我脫口而出，「恍然間我以為這是寫給我的。」

她沉默不語，似乎不太高興，我也只好不再說下去。

九月六日

我終於下定決心扔掉那件黑色燕尾服。我第一次帶夏綠蒂跳舞時就是穿著它，雖然樣式簡樸，但我十分珍視它，經常穿在身上，到如今已經變得陳舊不堪。我請裁縫完全照著它的樣式又做了一件，一樣的領子、袖口，再配上一樣的黃色背心和褲子。但新做的總是不那麼令我感到稱心如意，不知道是不是……我想，也許穿一段時間會好些吧。

九月十二日

她出門了幾天，去接阿爾伯特回來。今天我一踏進她的房間，她便歡快地迎了上來，我高高興興地吻了她的手。

一隻金絲雀從梳妝檯旁飛過來，落在她的肩上。

「一個新朋友，」她一邊說，一邊讓鳥兒跳到自己手上，「是送給小傢伙們的。瞧，多可愛！每次餵牠麵包，牠都撲閃著翅膀，小嘴吃起東西來可真靈巧。牠還會和我親吻吶，你瞧。」

她逗著小鳥，鳥兒果真將小嘴湊到她的嘴唇上，彷彿知曉那是一種幸福的享受。

「讓牠也吻吻你吧。」夏綠蒂說道，同時把金絲雀遞了過來。

小鳥在她的嘴唇和我的嘴唇之間搭起了一座橋樑，和小鳥的嘴輕輕一觸，我彷彿吸吮到她的芬芳，心中頓時感到甜美無比。

「鳥兒和妳親吻並非毫無欲求，」我說，「牠在尋找食糧，只是讓牠吻一下，牠會失望而去的。」

「牠也會從我的嘴裡啄東西吃，瞧。」她一邊說，一邊用嘴唇銜著麵包屑，讓鳥兒歡快地在上面啄食。在她的嘴唇上，洋溢著幸福快樂的笑意。

我轉過頭去，不敢再看。夏綠蒂不該這麼做呵！如此天真無邪而又令人銷魂的場景刺激著我敏感的神經，引起我產生無限的遐想，把我這顆已被生活的冷漠折磨得沉睡的心又重新喚醒。她真的不該這麼做啊！可為什麼不該呢？她是如此信賴我，而且她知道我是多麼愛她啊！

九月十五日

威廉，我都快氣瘋了，世上有價值的東西本已不多，而人們居然不懂得珍惜。你還記得那兩棵美麗的胡桃樹嗎？就是我和夏綠蒂去拜訪過那位善良的老牧師家的胡桃樹，我們還曾在樹下乘涼聊天吶！每次想起這兩棵胡桃樹，我心中便會充滿無比巨大的快樂。它們枝幹高大挺拔，樹葉濃密舒展，把牧師家的院子變成幽靜、涼爽的世界。看著這兩棵樹，不禁使人想起許多年前種植它們的兩位可敬的牧師。鄉村學校的一名教師向我們介紹了其中一位牧師的名字，這還是他從他祖父那兒聽來的。人們都稱讚這位牧師是個很好的人，每當走到樹下，對他的懷念之情便油然而生。然而，昨天那位教師卻淚流滿面地告訴我，這兩棵樹已經被砍了。

砍了！我的肺都要氣炸了，恨不得把那個砍第一斧頭的東西給宰啦！唉，我這個人，性情就是如此，即使看見自己院子裡有一棵樹快老死了，也會難過得不得了。不過，親愛的朋友，可以稍稍感到一點欣慰的是，人終歸是有感情的，全村老小都在譴責這件事。

砍樹的罪魁禍首是新牧師的太太（我們去拜訪的那位老牧師已經去世了），人們向她扔奶油、雞蛋以及別的東西，我真希望她能從中得到悔悟，清楚她給整個村子造成了多大的傷害。這位牧師太太是個瘦削而多病的女人，她有千萬個理由不喜歡這個世界，而這個世界也沒有人喜歡她。這個自詡博學的愚蠢女人，居然還混入研究《聖經》的人群中，大肆鼓吹要對基督教進行一次全新的、合乎道德的改革。她對拉瓦特爾的狂熱不以為然，而且健康狀況也糟糕透了，因此，可以說她在人世間毫無歡樂。我想，也只有這樣的人，才可能幹出砍樹這麼罪惡的勾當。瞧，我心中真是怒氣難消！想想吧，美麗的胡桃樹之所以遭受如此深重的厄運，僅僅是因為樹葉掉下來會弄髒她的院子、樹枝會擋住陽光、胡桃熟了孩子們會扔石頭去打下來等等。據說這些都有害於她的健康，妨礙她專心思考，使她無法集中精力在肯尼柯特①、塞姆勒②和米夏厄里斯③之間進行比較分析。

看村民們——特別是老人——如此憤懣不平，我不禁問：「當時你們怎麼不阻止，竟任由他們砍呢？」

他們回答說：「在這個地方，村長想做什麼，誰也阻攔不了。」

原來如此。不過，事情的結果倒是很公平的。牧師未曾從太太的怪癖中嘗到過什麼甜頭，這次卻想撈點好處，打算與村長平分賣樹的錢。誰知鎮長聽說了此事，就要他們把樹運過去，因為牧師房子的產權屬於鎮上，那兩棵樹自然也歸鎮所有。鎮長將胡桃樹賣給了出價最高的人。哼，他們肯定在想反正樹都已經砍了！噢，可惜我不是侯爵，否則我一定將牧師太太、村長和鎮長都給……侯爵？可我要真是侯爵，還會關心領地裡的那些樹木嗎？

①肯尼柯特（一七一八—一七八三）英國神學家。

②塞姆勒（一七二五—一七九二），德國新教神學家。

③米夏厄里斯（一七一七—一七九一），德國神學家和東方學家。

十月十日

每當看見那雙黑色的眼眸，我的心就會歡欣雀躍。然而，令我感到不安的是，阿爾伯特似乎並不那麼幸福，不像他所希望的……也不像我所認為的……要是換成了我……

我本不喜歡用省略號，但我無法用別的方式表達內心的想法。即使如此，我想也說得夠清楚明白的了。

十月十二日

我的心中已經沒有了荷馬，只有莪相的詩。這位傑出的詩人為我展現了一個多麼輝煌的世界啊！

我漂泊在荒野裡，四周狂風呼嘯。忽然，在朦朧的月光下，狂風吹開了濃霧，顯現出先人的幽靈。從密林深處傳來的陣陣濤聲中，還夾雜著幽靈的嗚咽哭泣聲，以及傷心欲絕的少女，在她的愛人——那高貴的戰死者——長滿青草的墳塋前綿綿不盡的哭訴。驀然間，我看見了他，看見了在荒野裡尋覓先人足跡的白髮吟遊詩人，可他的目光觸及的卻只是他們的墓碑。詩人仰望著星光璀璨的夜空，發出深深的歎息。

夜幕中，閃亮的星星即將沉入波濤洶湧的大海，往昔的光輝歲月栩栩如生地浮現在詩人眼前。這溫柔的星光也曾照亮勇士們的險途，這清朗的月光也曾輝耀英雄們凱旋歸來時掛滿花冠的戰船。在白髮詩人的眉宇間，我看到了人類最深刻的苦痛，這世間最後的孤獨偉人，一邊感受著已故的親人們虛幻的存在所帶來令人灼痛的歡樂，一邊精疲力竭地向著自己的墳墓蹣跚而去。面對著廣漠冰冷的大地，和在狂風中如波濤般起伏的野草，他大聲呼喊道：「有一個漂泊者將會來到這兒，他見證過我美好的青春。他將會問：『那位歌者在哪裡？芬戈爾①非凡的子嗣在哪裡？』他將在茫茫大地上四處尋覓我的蹤影，他的腳步將踏過我的墳墓，但他卻永遠無法找到我。」

啊，朋友，但願我能像忠誠的衛士一樣，拔劍結束我心中這位君王的生命，以免他遭受慢慢死去的痛苦；然後，我的靈魂將追隨他而去。

①芬戈爾，相傳為蘇格蘭國王，莪相的父親。

十月十九日

多麼空虛呵，我的心感到一種可怕的空虛！啊，哪怕能夠把她擁在懷裡一次，僅僅一次，所有的空虛都會消失殆盡。

十月二十六日

我的朋友，我確信，而且越來越確信，一個人的生命是微不足道的，一個人的價值是非常渺小的！夏綠蒂的一個女朋友來探訪她，我便退到隔壁房間，隨便取了一本書來翻閱，卻怎麼也讀不進去，又拿起一枝筆想寫點兒什麼。這時，我聽見她們低聲說話的聲音，說的都是一些無關緊要的事，比如誰結婚了、誰生病了、病情怎樣之類。

「她現在總是乾咳，瘦得很厲害，顴骨看上去變得很高，還常常暈倒，我看活不了多久了。」女朋友說。

「N・N的情況也一樣糟糕。」夏綠蒂說。

「他已經浮腫了。」女朋友補充道。

……

聽著她們聊天，我想像自己來到了那兩個可憐人的病榻前，看見他們痛苦地掙扎，眼神中流露出對生命的無限留戀……

可是，兩位小姐卻滿不在乎地談論著他們，就像談論素不相識的人！我環顧四周，打量著所在的房間，看著夏綠蒂的衣裙、阿爾伯特的文書、我十分熟悉的家具和墨水池，聯想到她們的談話，不禁感慨萬千，在心裡對自己說：「瞧，你現在對這個家庭來說多麼重要呵！真是太重要了！朋友們敬重你，你時常帶給他們快樂，而你心裡也似乎覺得離開了他們就活不下去。然而，假如你這時離去，從他們的生活中消失，那麼，他們有多長時間會因為失去你而感覺生活有所缺陷呢？多長時間？唉，人生無常啊！人甚至在最有把握確信自己存在的地方，在留下自己存在的唯一印記的地方，在最親愛的人的記憶裡，在他們的心中，也注定了會消失、被遺忘，而且如此之快！」

十月二十七日

一個人的存在對另一個人來說竟然如此微不足道，每當想到這些，我常常恨不得剖開自己的胸膛、砸破自己的腦袋。唉，威廉，如果我沒有帶給他人愛情、快樂、溫暖和幸福，他人也一定不會給予我什麼。而且，即使我心裡充滿著快樂和幸福，也無法使一個冷若冰霜的人感到快樂和幸福呵。

當天夜晚

即使我有更旺盛的生命力，對她的狂熱激情也會把我吞噬；即使我有更多的天賦，沒有她一切也都將化為烏有。

十月三十日

曾經有過上百次，我幾乎就能擁抱她了！仁慈的主啊，當心愛之物擺在一個人的面前，他卻不能伸手去取，心中可有多難受啊！攫取本是人最本能的欲望，嬰兒不總是喜歡伸出小手去抓喜歡的一切嗎？可我呢？

十一月三日

夜晚上床的時候，我常常懷著這樣一種期待，有時甚至是一種渴望：不要再醒來了吧！第二天清晨，當我睜開雙眼，又見到光芒萬丈的太陽，那種難受的滋味簡直難以言說。唉，在心情不好的時候，要是我能怨天尤人，也不會那麼難受了。可悲啊，千真萬確的是，一切的過錯全在於我自己！正如我的一切幸福根源於我自己，我的一切痛苦也根源於我自身。當初，我滿懷喜悅的心情四處遊歷，足跡走到哪兒，哪兒就是我的天堂，心胸開闊得可以容納整個宇宙。難道這個我和現在的我不是同一個人嗎？可如今我的心已死去，再也湧流不出歡愉的清泉，我的眼淚已經枯竭了，再也沒有滋潤心田的甘露，額頭上更是爬滿了可怕的皺紋。我陷入極度的痛苦之中，因為我已失去生命中唯一的歡樂，失去唯一能振奮我的力量，一種鼓舞著我去創造屬於我的心靈世界的力量，如今它卻蕩然無存！

眺望窗外，遠處的山崗上一輪紅日高懸，強烈的陽光穿越濃霧，灑滿綠草遍野的大地，柳枝上落葉紛飛，一條蜿蜒的小河緩緩流淌……呵，要是如此美麗的景色在我眼中變得就像死畫似的呆滯，不能再愉悅我的心，無法再讓我的心產生絲毫幸福的感覺，那麼，在萬能的上帝面前，我不就成了一口乾涸的井、一個無底的桶嗎？我常常匍匐在地，淚流滿面地祈求上蒼，如同頂著烈日、跪在乾裂的土地上祈雨的農夫一樣。

唉，我知道，上帝絕不會因為我們苦苦哀求就賜予我們雨露和陽光！可是，那些如今令我感到痛苦的過去時光，當初為什麼又讓我感到如此幸福呢？那時的我耐心地期待著上帝的召喚，滿懷感激地沐浴在他所賜予的歡愉中。

十一月八日

她責備我不知節制，不該每次端起酒杯來就非喝一瓶不可，語氣是那麼溫柔、親切。

「別這樣。」她說，「想想你的夏綠蒂吧！」

「想！」我反駁道，「還需要妳叫我想嗎？我一直都在想妳——不僅是想——妳時刻都在我心裡。今天，我坐在妳不久前從馬車上下來的那個地方……」

她引開了話題，不讓我繼續說下去。威廉，我算完了！她想怎麼處置我就怎麼處置，完全左右了我的一切。

十一月十五日

謝謝你，威廉，謝謝你的理解，謝謝你的忠告，請不必擔心。讓我繼續忍受吧，儘管我已疲憊不堪，但仍然有足夠的力量支撐到底。你知道，我尊重宗教信仰，我認為它可以是虛弱者的楊杖、奄奄一息者的興奮劑。不過，它對人人都能產生同樣的作用嗎？它必須對人人都產生作用嗎？你看看這個世界，對成千上萬的人來說，無論是舊教還是新教，宗教的作用並非如此，而且將來也不會如此。難道我一定得依靠宗教的幫助嗎？聖子耶穌不是說，只有那些天父交給他的人才能親近他嗎？假如天父沒有把我交給他，那該怎麼辦？假如像我所感覺的，天父希望把我留給自己，又該怎麼辦？

請你別誤解，不要把這些肺腑之言當成諷刺，我對你完全是坦誠的，否則我寧願沉默，也不願開口說這些讓大家都感到不快的話。人注定要受盡自己那份罪、喝完生命那杯苦酒，不是嗎？既然上帝嘗了一口都覺得那酒太苦，為什麼我還要充好漢，強裝作喝起來甜呢？此刻，我的整個生命在真實與虛無之間顫慄，過去像閃電般照亮了未來的黑暗深淵，周圍的一切都在沉淪，世界也將隨我一同走向毀滅。在這可怕的時刻，我還有什麼可掩飾的呢？那個孤獨的、被人所害的天父之子，在最後一刻不也是從內心深處發出呼喊：「上帝啊，上帝！你為什麼拋棄我？」那麼，我為何還要羞於流露自己的情感，還要害怕連萬能的神之子都不可逃避的死亡呢？

十一月二十四日

她沒有意識到，她正在釀造一種毒酒，把我和她一起毀掉，而我竟滿心歡喜地接過她遞來的酒杯，將這置我於死地的玉液一飲而盡。為什麼她常常——是「常常」嗎？不，應該是「有時候」——為什麼有時候她要那麼溫柔地望著我，要欣然接受我自然的情感流露，要表現出對我的痛苦的理解？

昨天，我離開的時候，她握著我的手說：「再見，親愛的維特。」親愛的維特！長久以來，這是她第一次稱呼我為「親愛的」，我像觸電般感覺周身的筋骨都酥軟了。我反反覆覆地唸著這句話，到晚上臨睡覺之前，還自言自語地嘀咕了好一會兒，最後竟從嘴裡冒出一句：「晚安，親愛的維特。」說罷不禁啞然失笑。

十一月二十二日

儘管我不能向上帝祈求「讓她成為我的吧」，但我卻感覺她就是我的；我也不能祈求「把她給我吧」，因為她屬於另一個人。當我痛苦難耐的時候，我會用理智克制自己，然而一旦鬆懈下來，我又會拋卻理智，任由自己陷入痛苦的情感中。

十一月二十四日

她感覺到了我內心深處的痛苦！今天她對我的一瞥，深深地打動了我的心。當時只有她一個人在，她久久地望著我，我們默默無語。如今，她那動人的嫵媚、智慧的光輝，都已在我眼前消失，令我目眩神迷的是她那無與倫比的美好目光，是一種包含著無比深切的關懷、無比甜蜜的憐憫目光。為什麼我不可以拜倒在她的腳下，為什麼我不可以摟住她的脖子，以無數的親吻來報答她呢？我注視著她，眼神中充滿了渴望。她避開了我的目光，坐到鋼琴前，伴隨著優雅的琴聲，用她那甜美、婉轉的歌喉，輕輕地唱了起來。我從未見過她的唇如此迷人，它微微地翕動著，恰似啜飲清泉一般地吟唱著一個個美妙的音符，並在她口中發出神奇的迴響。哦，如果我能用文字清楚地向你描述這一切該多好呵！我再也無法繼續忍受這樣的煎熬。我對自己發誓說：可愛動人的嘴唇呀，我永遠也不會冒昧地親吻妳，因為妳是至高無上的神靈的所在啊！然而，我……我渴望……啊，它就像是豎立在我靈魂之前的一堵高牆，為了幸福我必須翻越……然後，我將在地獄裡贖我的罪過──是罪過嗎？

十一月二十六日

有時，我對自己說：「你的命運就這樣了，祝福別人都幸福吧！要知道，還沒有誰像你這樣受盡苦難。」我朗讀著詩人①古老的詩歌，漸漸地，彷彿窺見到了自己的心。唉，我要受的罪還有很多很多啊！上帝，難道在我之前的人都像我一樣不幸嗎？

①指莪相。

十一月三十日

噢，今生我注定振作不起來了！無論我走到哪裡，都會遇見令我煩惱不安的事，比如今天。啊，命運！啊，人啊！

中午的時候，我沒有心情回去吃飯，便沿著河邊散步。冬季已經來臨，周圍景色一片荒涼，濕冷的西風使勁吹著，灰色的雨雲漂浮在峽谷的上空。遠遠地，我望見一個人在岩石間爬來爬去，像是在採摘什麼東西。我走到近旁，他聽見腳步聲後轉過身來。他穿著破舊的綠色外套，樣子十分怪異，臉上的神情寫滿了難言的悲哀，看起來是個誠實善良的人。他的頭髮是黑色的，在頭頂挽了兩個捲兒，並用簪子別住，其餘的則編成一條大辮子拖在身後。從衣著上看來，他是個地位低下的人。我想，他是不會介意我向他問話的，於是上前與他搭話，問他在幹什麼。

「找花呀，」他長歎一聲回答道，「可一朵花兒也沒有。」

「現在可不是採得到花的季節。」我微笑著說。

「花我倒是多得很，」他邊說邊從岩石間走下來，「在我家園子裡長著玫瑰和兩種忍冬花，其中一種是我爸送我的，長起來就跟野草一樣快，我已經找了它兩天了，就是找不到。這裡也總是開滿了花，黃的、藍的、紅的，還有矢車菊，那小花才好看哩，但我就是一朵也找不到……」

我覺得事情有點不對勁，便換了問題問他：「你要這些花幹嘛？」

他臉上的肌肉抽搐了一下，隨即閃過一絲古怪的笑意。

「您可千萬不要說出去，」他一邊小聲地說，一邊把食指放在嘴唇上，「我答應要送給心上人一束花。」

「這很好嘛。」我說。

「呵呵，」他說，「她有好多好多東西，可有錢啦。」

「儘管這樣，她一定還是很喜歡你送的花。」我順著他說道。

「她有好多寶石喲，還有一頂王冠。」

「她叫什麼呢？」

「唉，要是聯省共和國①僱了我，我就是另外一個人啦。」他說，「有一陣子我過得挺不錯，現在不行了，現在我……」

他抬起頭來，眼淚汪汪地望著天空。一切全明白了。

「這麼說，你以前幸福過？」我繼續問道。

「唉，要是能再像那個時候就好了！」他回答道，「那個時候，我過得很愉快、舒適、自由自在，就像水裡的魚兒一樣。」

「亨利希！」這時，一個老婦人大聲喊著，沿著大路走了過來。「亨利希，我們到處找你，快回家吃飯。」

「他是您的兒子嗎？」我走到老婦人身前問道。

「是呵。我可憐的孩子！」她說，「上帝懲罰我，讓我揹上這麼一個沉重的十字架。」

「他這樣多久了？」我問。

「像這麼安靜有半年了，」她說，「就這個樣子還得感謝上帝吶。從前他一年到頭都大吵大鬧，只好用鐵鏈鎖起來，送進精神病院裡；現在他不招惹任何人了，只像現在這樣，總是和國王、皇帝們打交道。唉，從前他可是個善良又沉靜的人，寫得一手好字，還供養我的生活，後來突然變得不愛說話，腦袋裡不知在想些什麼，接著就發高燒，然後便瘋了，成了你現在看到的這個樣子。要是我把他的事情講給您聽，先生……」

我打斷了滔滔不絕的老婦人，問道：「他說他有一段時間很幸福，過得自由自在，這是怎麼一回事？」

「這個傻小子！」她笑了笑說，聲音中充滿同情和憐憫，「他說的是神智不清的那段時間，他經常這麼誇耀。當時他在精神病院裡，精神完全失常了。」

這話猶如晴空霹靂般震撼著我，我塞了一枚銀幣在老婦人手裡，然後倉皇地逃離了。

「只有那時你才是幸福的啊！」我情不自禁地大聲說著，快步奔回城裡。「那個時候，你自由自在猶如水中的魚！上帝啊，難道人的命運注定就是如此：只有在喪失理智之後，才能感覺到幸福？可憐的人呵！但我又是多麼羨慕你喲，羨慕你精神失常，思維紊亂！在寒冷的冬天，你竟滿懷著希望來到野地，為心中的女王採摘鮮花！而我呢？來時毫無目的和希望，歸去時也依然如此。你竟然還幻想著，要是成為聯省共和國的一員，你將變成一個了不起的人！幸福啊，要是能像你一樣把自身的不幸歸咎於人世的種種阻礙！可憐的人呵，你無法瞭解，你的不幸原本就存在於你破碎的心中，存在於你被擾亂了的頭腦裡；而你的不幸，全世界所有的國王都無法為你消除。」

誰要是嘲笑一個病人到遠方的聖泉去求醫，說那只能加重病情、變得更受煎熬，誰就不得善終！誰要是蔑視一個人為擺脫良心的不安和靈魂的痛苦而去聖地朝拜，誰就不得善終！要知道，對這個朝聖者來說，他的腳在長滿荊棘的路上每走一步，他的靈魂就會得到一滴鎮痛劑；他每堅持向前方走一天，內心就會輕鬆一些。那些舒服地坐在軟墊上高談闊論的人，你們怎麼能把這稱作妄想？妄想！萬能的造物主，仁慈的上帝啊，你看見我眼中的淚水了嗎？你把人造得夠可憐的了，難道還得給他一些兄弟，把他僅有的一點點東西——對你這博愛者的虔誠信奉——都奪走嗎？要知道，信奉醫治百病的仙草，信奉葡萄的眼淚②，就是信奉你，相信你能賜予我們戰勝疾病和痛苦的力量，而我們無時無刻不需要這種力量。

我從未見過面的天父啊，你曾經使我的心靈感到充實而豐富，如今卻轉過身去，拋下了我！天父啊，召喚我吧，讓我回到你的身旁！別再沉默，你的沉默使我這焦灼的心再也無法承受！難道一個父親，在兒子歸來並摟住他的脖子說「我回來了，父親」的時候，他還能生氣嗎？請別生氣，也不要發怒，假如我中斷了人生之旅，沒有如你所願地苦捱下去。在這個世界中，人們含辛茹苦、勞碌奔忙，而後才會得到報酬與快樂——但這一切現在對我有什麼意義呢？只有在你的天國裡，我的心才能安寧，我願意在你身邊吃苦受累、享受快樂。我仁慈的天父啊，難道你還要趕我走嗎？

①聯省共和國，指在反抗西班牙殖民統治的戰爭中，一五八一年荷蘭北部七省成立了荷蘭共和國，即尼德蘭聯省共和國；一六四八年荷蘭獨立。當時在德國人心目中，尼德蘭是

最富有的國家。

②指葡萄酒。

十二月一日

威廉，我在上封信中提及的那個人，就是那個幸福的不幸者，過去曾是夏綠蒂父親的祕書。那時，他對夏綠蒂產生了愛慕之情，但一直隱藏在心裡一天天暗暗地滋長，最後他終於表露了出來，卻因此丟掉了差事，然後發了瘋。儘管這段話乾巴巴的，毫無感情色彩，但你可以想像一下，我聽了後所受到的震撼有多大！我之所以把這段文字寫成這個樣子，是因為阿爾伯特就是這樣無動於衷地告訴我的。

十二月四日

求求你，威廉，懇求你聽我說吧！我完了，再也承受不了了！今天，我在她的房間裡……我坐在一旁，她在彈鋼琴，彈了很多支曲子，每一段音樂全都深深地觸動了我的心！全部啊！威廉，我該怎麼辦……她的小妹妹正在我懷裡玩著布娃娃。熱淚湧進了我的眼眶，我低下頭，目光落在夏綠蒂的結婚戒指上……淚水滾落下來……這時，她開始彈奏一支熟悉而美妙的曲子，我的靈魂頓時感到極大的安慰。往事一幕幕浮現，回想起初次聽到這支曲子時的美好日子，以及後來黯然神傷的日子，還有最終的不快與失望……我在房間裡急促地來回踱步，感覺緊迫得快要窒息。

「看在上帝的份上，」我喊道，情緒激動地衝到她的面前，「看在上帝的份上，別彈了！」

她停了下來，怔怔地望著我。

「維特，」她笑吟吟地說，這笑容就像一把利劍，深深地刺進我的胸膛，「你病得很厲害呵，連自己最喜愛的東西也討厭起來了。回去吧，我求你平靜下來。」

我立刻跑出房間，並且……上帝啊，你看見了，你看見了我最深刻的痛苦，請求你馬上結束一切吧！

十二月六日

她的形象追逐著我，無時無處不在！不論我醒著還是在夢裡，她都占據著我整個心！每當我閉上雙眼，在額頭上，便顯現出她那雙黑色的眼睛。它們真的就在那兒，我怎麼才能向你說清楚呵！只要我一閉上眼，她那動人的眼眸就會出現在我面前、我心中、我額上，靜靜地，宛如一片海洋、一道幽谷，充滿了我所有的感官，充滿了我的全身。

人啊，這個受到讚美的半神，究竟是什麼？在正當需要力量的時候，他卻失去了力量；當他在歡樂中飛升或在痛苦中沉淪的時候，他渴望著能夠融入浩瀚的宇宙中，就在這個時刻，他卻偏偏受到羈絆，意識又恢復到原來的遲鈍、冰冷。

編者致讀者

關於少年維特生命中的最後幾天，我希望能找到足夠的第一手資料，這樣的話，我就沒有必要在他遺留的書信中再插入自己的敘述了。

我去拜訪了那些瞭解他經歷的人，盡力蒐集確切的事實。維特的故事很簡單，人們的講述大同小異，不一樣的只有對當事者思想性格的看法。

現在，我需要做的是，把努力蒐集到的情況敘述出來，再把維特留下的幾封信插入其中，還包括其他資料，哪怕一張小紙片也不放過。要知道，這件事發生在一些異乎尋常的人身上，即使是某些個別行為，要想探究出真正的動機也極不容易。

憤懣與憂鬱越來越深地淤積在維特心中，它們相互緊緊地纏繞在一起，日積月累，直至完全控制了他的靈魂。他內心的和諧被徹底摧毀了，煩躁得如烈火焚身，把他天賦的力量全部消耗殆盡，最後變得心力交瘁。為了擺脫痛苦，他拚命掙扎，使出了全部勇氣。然而，內心的痛苦消磨了他的意志，他不再生氣勃勃、聰慧機敏，變成一個愁苦的人，結果反而使他變得更為不幸；而他越是不幸就越任性，如此惡性循環。至少阿爾伯特和他的朋友們這麼認為，維特像一個一天就把財產全部花光而不顧以後怎麼過的人，他對真誠穩重的阿爾伯特為了獲得自己渴望已久的幸福，以及努力保持這種幸福的行為，都不能做出正確的評價。在他們看來，阿爾伯特始終都是維特剛開始認識時所尊敬的同一個人，在那段短暫的日子裡，他從來就沒有任何改變。阿爾伯特愛夏綠蒂勝過一切，他為她感到驕傲，認為她是天底下最可愛的女人，也希望別人這麼認為；他不希望和她之間出現任何猜疑，也不願意任何人——哪怕僅僅在一瞬間、以最無邪的方式——和他共同占有最愛。難道他因此就該受譴責？當維特在夏綠蒂房中的時候，阿爾伯特常常會走開，但他這樣做不是出於敵視或反感，而是因為他感覺到，他在那兒維特總是顯得侷促不安。

夏綠蒂的父親生病臥床在家，他派來一輛馬車接她，夏綠蒂便出城去了獵莊。那是一個美麗的冬日，剛下過一場大雪，放眼望去，田野裡、山崗上都覆蓋了厚厚的一層積雪，完全是一個銀白色的世界。

第二天一大早維特就出發去了獵莊，以便在阿爾伯特不來接夏綠蒂的情況下，自己陪她回來。

郊外的空氣清爽宜人，這樣晴朗的天氣也很難改變維特陰鬱的情緒。他心裡總感覺壓抑得難受，一些可怕的景象縈繞在腦海裡，不斷產生一個又一個的痛苦念頭。

正如他始終對自己不滿一樣，別人的情況在他看來更加令人憂慮。他確信，阿爾伯特夫婦之間和諧美滿的關係已經出現了問題，為此，他不但自責，而且還暗地裡埋怨阿爾伯特。

路途上，他一直在思忖這個問題。

「是啊，」他自言自語地說道，「這就是親切和藹的、柔情似水的、富於同情心的感情！這就是默默無言的、永恆不變的忠誠！不，這是厭倦與冷漠！任何一件無聊的瑣事，不是都比他可愛的妻子更吸引他嗎？他知道珍惜自己的幸福嗎？他知道給予她應有的尊重嗎？唉，她畢竟已經是他的妻子了，她畢竟……我知道的，我知道的，不過我還知道其他的事情。我已經習慣於這樣想了，他將使我發瘋，還是要了結我？他不是早已把對我的友誼拋在腦後了嗎？他不是早已將我對夏綠蒂的眷戀，視為對自己權利的侵犯嗎？他不是早已將我對夏綠蒂的關心，視為對他無聲的譴責嗎？我清楚地知道，我感覺得出來，他不願意見到我，他希望我走，我在這裡已成為一個不受他歡迎的人。」

這樣反覆思考著，維特一次次放慢了腳步、一次次停下來，站著發呆，似乎是想往回走。不過，他終於還是繼續前行，一邊走一邊考慮，彷彿極不情願地走到了獵莊。

維特跨進大門，詢問夏綠蒂和他父親在哪裡，卻發現大家的情緒有些激動，最大的一個男孩告訴他，瓦爾海姆出事了，一個農民被人打死了！對於這樣一個新聞，維特沒有太大的反應，他逕直走進屋子。夏綠蒂正極力勸阻父親，叫他不要抱病去現場調查這件慘案。目前凶手是誰尚不清楚。事情發生在那位寡婦家，有人早上在門口發現了受害人的屍體，是寡婦後來僱的長工，而她早先僱的那個是在心懷不滿的情況下離開的，人們推測可能是他幹的。

維特一聽，馬上跳了起來，情緒萬分激動。

「完全可能！」他大聲說道，「我得去看看，一秒鐘也不能耽擱。」

他匆忙向瓦爾海姆奔去。一樁樁往事浮現在眼前，他幾乎可以確信，這件事一定是那個多次與他交談、後來簡直成了他知己的年輕人所為。

要到停放屍體的小酒館，必須從那兩株菩提樹下經過。一見到這個曾經美好、如今已面目全非的地方，維特的心中不由一震。孩子們常常坐在上面玩遊戲的那道門檻，已是一片血污；愛情和忠誠，這些人類最美好的情操，已經變質成暴力和仇殺！在寒冷的冬天，高大的菩提樹茂密的樹葉已經落盡，樹枝上壓著潔白的雪。不遠處的公墓矮牆上，曾經彎曲成美麗穹頂的樹籬已然光禿禿的，覆蓋著冰雪的墓碑便從樹枝間赫然顯露了出來。

全村的人都聚集在小酒館前，正當維特要走過去時，人群突然喧鬧起來。遠遠地，一隊全副武裝的人押著一個人向這邊走來，人們異口同聲地喊著：「抓到啦！抓到啦！」維特望過去，一切看得一清二楚：是他！正是愛那位寡婦愛到發狂的年輕人！就在前不久，當他帶著一股怨氣，垂頭喪氣地四處徘徊時，維特曾遇見過他。

「瞧你幹的好事，不幸的人啊！」維特叫嚷著，向被捕的人奔過去。

那個年輕人呆呆地瞪著他，一言不發，然後鎮定自若地說：「誰也別想娶她，她也別想嫁給誰。」

犯人被押進小酒館裡，維特悵然離去，心中充滿了悲傷。

這可怕、殘酷的一幕深深地震動了維特，他感到心慌意亂。想起過去初次遇見這個青年農民的情景，以及後來的幾次交往，再想到年輕人剛才的神情，剎那間，他從悲哀、抑鬱和冷漠的沉思中驚醒過來，內心產生一種無法抑制的同情和憐憫，以及無論如何也要挽救這個人的強烈欲望。維特把自己完全換到這個人的立場上，他覺得這個年輕人太不幸了，即使成為罪犯也是無辜的。維特有把握說服其他人也相信那個人是無辜的。他的腦海裡已經有了極具說服力的辯護詞，恨不得立刻就為他辯護，使他重獲自由。維特急匆匆地往獵莊趕去，路上不斷地唸著準備向法官陳述的看法。

一走進房間，維特發現阿爾伯特也在，情緒頓時低落了下來，但他仍然打起精神，情緒激昂地向法官發表了自己的看法。然而法官卻連連搖頭。儘管維特把替一個人辯護所可能說的話全都說了，而且說得如此真誠懇切，但結果顯而易見，法官仍然無動於衷，他甚至不容維特把話說完就予以激烈的駁斥，責備他不該袒護一個殺人犯。法官教訓他說，假如按照他的觀點，現行的法律都得宣布無效，國家的安全就得徹底完蛋了。最後，法官補充說，在涉及犯罪案件的事情上，他自己除了負起最崇高的職責，一切按法律程序來辦理之外，別無他法。

但是維特並沒有放棄，他懇求法官，如果有人幫助罪犯逃跑，希望他能睜一隻眼、閉一隻眼。這個請求立即遭到法官的拒絕，並嚴厲斥責了維特。這時，阿爾伯特說話了，他完全站在法官那一邊，這讓維特再說什麼也沒有任何用處了。維特懷著痛苦的心情走了出去，而在此之前，法官還一再地對他說：「不，他沒有救了！」

我們可以從一張維特當天寫下的紙條中看出來，法官的這句話給了維特多麼沉重的打擊！這張紙條是從他的文件中找到的，上面寫道：

你沒有救了，不幸的朋友！我知道，我們都沒救了！

阿爾伯特最後所講的關於犯罪的一席話，令維特極為反感，甚至覺得有幾處是在影射自己。儘管以維特的聰明，不至於看不出法官和阿爾伯特的話有一定道理，但他卻不願意承認，似乎對他來說，一旦承認就意味著背棄自己的本性。

從維特的檔中，我們還發現了另一張紙條，與上面談到的事情有一定的關聯，也許它向我們充分透露了維特對阿爾伯特的態度吧。

有什麼用呢？儘管我反反覆覆地對自己說：他是個好人，一個正直的人。可我卻依然心亂如麻，眼前的事實讓我該怎麼評論他啊！

※※※

雪已經開始消融了。在一個稍稍溫暖的夜晚，夏綠蒂和阿爾伯特步行回城去。路途上，夏綠蒂東張西望，似乎是少了維特的陪伴，顯得有些心神不定。阿爾伯特開始談論維特，在指責他的同時，也不忘替他說幾句公道話。後來，他談到維特對她的熱情，希望能想辦法讓他離開。

「為了我們自己，我也希望這麼做。」他說。「另外，我請求妳，」他接著說道，「要讓他對妳的態度改變一下，別讓他總是來看望妳，別人會注意的。再說，據我瞭解，已經有人在講閒言碎語了。」

夏綠蒂默不做聲。阿爾伯特似乎感覺到她沉默的分量，從此以後再也沒有在她面前提起過維特，甚至在她提到維特時，他會立即中斷談話，或者把話題扯到一邊去。

※※※

維特為了救那個不幸的人所做的無望的努力，是他生命中行將熄滅的火苗最後一次的躍動，從此以後，他完全沉浸在極度的痛苦和無為中。特別是，當他聽說法庭或許會傳喚他出庭作證，以證明那個如今矢口否認罪行的年輕人有罪的時候，他都快氣瘋了。

這個時候，過去的一切浮現在他的眼前，生活中遭遇的種種不如意、在公使館的難堪，以及一切的失敗、屈辱，都在維特的心裡上下翻騰。這一切的一切，讓維特覺得自己的無所作為是應該的，並發現自己就連賴以為生的基本技能也沒有，未來毫無希望和出路。結果，他任由自己被奇特的感情、思想以及無休無止的渴望所驅使，和那位溫柔可愛的女子周旋，毫無目的地耗費著自己的生命，既影響了他人的安寧，又讓自己受盡苦難，一天天走向可悲的結局。

這裡，我將插入他遺留的幾封信。維特的迷惘、熱情和渴望，以及對人生的失望、厭倦，都將從這些信中得到印證。

十二月十二日

親愛的威廉，我正處於一種坐立不安的狀態中，就像被魔鬼追逐著四處逃竄的不幸的人一樣。有時我心神不寧，這既非因為恐懼，也非因為渴望，而是源於一種莫名的狂躁，幾乎將我撕裂、將我窒息！太難受了喲，我難以自制，唯有奔出門去，在寒冬可怕的黑夜裡狂奔不已。

昨夜我又出去了。這幾天氣候已經轉暖，冰雪正在融化，河水開始氾濫，溪流也在激漲，雪水從瓦爾海姆方向奔流而來，湧進了我那可愛的峽谷。夜裡十一點我跑出家門的時候，只見狂暴的山洪捲起巨浪，伴隨著一個個的漩渦，從懸崖上直沖下來，漫過田野、草地，把開闊的峽谷變成一片翻騰的汪洋，狂風呼嘯著，那景象真是恐怖之極！而當月亮從烏雲中遊弋出來，我眼前的激流在那可怖而迷人的清輝映照下，翻騰著、咆哮著，大地一片慘澹，我更是不寒而慄，心中陡然產生一個奇異的欲望。我面對著深淵，慢慢張開雙臂，我的心對自己說：跳下去吧，跳下去吧！假如我能帶著我的不幸和痛苦，像奔騰的洪流一樣勇往直前地衝下懸崖峭壁，那將是何等的暢快啊！可是，我卻無法移動腳步，我沒有結束一切苦難的勇氣！或許，是我的時辰還沒有到吧！威廉啊，在肆虐的狂風中，我真恨不得自己像個義無反顧的勇士，去驅散烏雲、遏抑激流，哪怕為此付出我的生命！唉，對於一個心靈遭到囚禁的人來說，也許就連這樣的歡樂也得不到吧！

俯瞰著我和夏綠蒂散步時曾小憩過的草坪，俯瞰著我們曾在下邊坐過的老柳樹，我難過極了——草坪已被淹沒，老柳樹幾乎被摧殘得奄奄一息！「還有她家的那些草地，以及周圍的地方！」我想，「我們的那個小亭子這時也一定讓激流毀得面目全非了吧！」想到這裡，一線陽光射進了我的心田，宛如一個囚犯夢見了羊群，夢見了草地，夢見了自由逍遙的生活！望著滔滔洪水，我不再罵自己沒有死的勇氣，我本該……

不過，現在我又坐在了這兒，恰似一個沿街乞討的年邁乞丐，每時每刻不過是苟延殘喘，毫無生的樂趣。

十二月十四日

怎麼了，我竟然害怕起自己？難道我對她的愛不是最神聖、最純潔、最真摯的嗎？難道我曾懷著該受到懲罰的欲望嗎？不，我不想發誓……可我的夢啊……噢，一定是鬼神在搗亂！在我的夢中——現在我的嘴唇還在哆嗦——我把她緊緊地摟在懷裡，情意綿綿地親吻她的唇，我的身心完全沉溺在她那美麗迷人的媚眼中……上帝啊，回想起那令人銷魂的夢境，幸福的感覺仍然強烈地充盈著我的身體，這難道也該受到懲罰嗎？夏綠蒂啊！

我已經徹底完了！八天來我一直神魂顛倒、迷糊不清、滿面淚水，去哪兒都無所謂，完全無所希望，無所欲求。也許，我該去了，真的該去了！

※※※

這期間，死的念頭在維特的心裡越來越強烈，越來越堅定。自從重回夏綠蒂身邊，他一直就把死亡看成是最後的出路和希望。不過他一再告訴自己，不要操之過急，不要草率行事，要懷著美好的信念和寧靜坦然的心走向死亡。

下面這張從他文稿中發現的紙條是寫給威廉的信，剛開了頭，沒有寫日期，我們可以從中窺見他動搖和矛盾的心情。

想到她的存在、她的命運，以及她對我的命運的關切，我乾枯的眼裡擠出了最後的幾滴淚水。

掀開幕布，走到幕後吧，讓一切一了百了！爲何還遲疑退縮？是因爲不知道幕後的情形，還是因爲一去將永不返？也許是因爲預感到，幕後只有我們一無所知的黑暗和渾沌吧！

維特想死的念頭一天天接近、一天天親密起來，他的決心越來越堅定，最後變得不可更改。下面這封寫給威廉意在言外的信，為我的判斷提供了明證。

十二月二十日

威廉，我的朋友，感謝你的友誼，感謝你的瞭解。是的，你說得對，我真該走了，只是你要我回到你那兒去的建議，和我的心意不盡相同。無論如何我還得再待一段時間，尤其是天氣還有點冷，再過一段時間，道路會好走一些。你說打算來這兒接我，我當然很感激，只是請你把時間推遲兩個星期，這期間我可以做很多事，等接到我的下一封信再說吧。記住呵，果子沒熟時千萬不要採。請轉告我母親，希望她為她的兒子祈禱，並請求她的原諒，為我帶給她的所有不快。唉，那些我本應該為他們帶來快樂的人，我卻注定要讓他們難過。

別了，我的好朋友，願你得到更多的幸福！別了！

※※※

這期間，夏綠蒂的心情如何？她對丈夫的感情如何？對不幸的維特的感情如何？我們不能妄下斷語。儘管憑著對她的瞭解，我們可以在心裡做出評斷，尤其是具有一顆美好善良的心的女性，更能設身處地體會她的情感。

唯一可以確定的是，她決定想盡一切辦法讓維特離開。如果說她還有所遲疑的話，那也是出於對維特的一片好意和愛護，因為她瞭解他，那將使維特感到痛苦，而且對他來說幾乎是不可能的事。然而，現實的情況迫使她必須儘快行動。這段時間，阿爾伯特根本不再提及關於維特的任何話題，像她一樣保持沉默。而他越是如此，她就越覺得有必要透過行動向他證明，她並未辜負他的感情。

維特在聖誕節前的禮拜日寫了上面那封信，當晚他又去看望夏綠蒂，碰巧只有她一個人在房裡，正忙著準備給弟妹們的聖誕禮物。維特說小傢伙們收到禮物一定會很開心，還回憶起小時候突然看見掛滿蠟燭、糖果和蘋果的漂亮聖誕樹時的驚喜心情。

「你也會得到禮物的，」夏綠蒂說，同時對他嫣然一笑，以掩飾內心的困窘。「比如一枝蠟燭什麼的，但條件是你要聽話。」

「妳說的聽話是什麼意思？」維特嚷起來，「親愛的夏綠蒂，妳要我怎麼樣？我又能夠怎麼樣呢？」

「禮拜四晚上是聖誕夜，」她說，「到時候我的父親和弟妹們都要來，每人都會得到禮物。你也來吧，可在這之前你別來了。」

維特聽了一怔，有些不知所措。

「求你了！」她說，「事到如今，我懇求你為了我的安寧，答應我吧，再也不能這樣下去了呵。」

維特別過臉，在房間裡疾步走來走去，嘴裡喃喃地唸著：「再也不能這樣下去了！再也不能這樣下去了！」

夏綠蒂覺得自己的話把他推到一個可怕的境地，便試圖引開他的思路，但沒有成功。

「不，夏綠蒂，」他大聲說，「我再也不來見妳了。」

「幹嘛呢，維特？」她說，「你可以來看我們呀，你也必須來看我們，只是減少一些次數罷了。唉，你就是一個直性子的人，一旦喜歡什麼就死心塌地。」她拉住他的手，繼續說道：「求你了，克制克制吧！憑藉你的天資、你的學識、你的才能，你可以享受到很多的快樂。拿出男子漢的氣概來吧！別再苦苦戀著一個除了同情、什麼也不能給你的姑娘。」

維特一言不發，緊咬著牙關，眼光陰鬱地盯著她。夏綠蒂說：

「維特，冷靜冷靜吧！你難道感覺不出來，你是在欺騙自己，你在毀滅自己！為什麼一定要愛我呢，維特？我已經另有所屬啊！為什麼你非得這樣呢？我為你擔心的是，就因為你不可能占有我，所以這件事才會對你產生這麼大的誘惑。你明白這一點嗎？」

維特抽回自己的手。他瞪著她，目光中含著憤怒。他大聲喊道：

「高明，實在是太高明了！說不定是阿爾伯特教妳這麼說的吧？外交家，了不起的外交家！」

「任誰都會這麼說的！」夏綠蒂回答，「難道世間就沒有一個姑娘合你的心意？快振作起來，去尋找屬於你的那個姑娘吧，你一定能找到的。要知道，這些日子以來你都在自尋煩惱，讓我十分擔心。維特，振作起來吧，出去旅行一趟將會讓你的心胸開闊起來。去找一個值得你愛的人，再回來和我們團聚，共享真正的友誼和快樂。」

「哼，妳的說教可以印成教科書，推薦給所有的家庭教師！」維特冷笑一聲說，「夏綠蒂，讓我冷靜一下，然後一切就會沒事了。」

「只是耶誕節前千萬別來呵，維特。」她叮囑他。

他正要說話，阿爾伯特走了進來。兩人互相冷冷地道了聲「晚上好」，然後都在房間裡踱步，誰也沒開口，氣氛顯得十分尷尬。後來，維特說了幾句無關痛癢的話，之後便沒詞兒了，阿爾伯特也如此。再後來，阿爾伯特問夏綠蒂是否辦妥了交給她的事情，夏綠蒂說沒有，他便說了她幾句，這些話在維特聽來豈止是不禮貌，簡直就是粗魯。維特想走，但他的心卻在挽留他，這樣苦捱到八點鐘，心裡越來越煩躁不安，直到他們準備吃晚餐了，他才拿起自己的帽子和手杖。阿爾伯特邀請維特留下，他只當作是客套，冷冷地道過一聲謝，然後便離開了。

他回到家，從僕人手中接過蠟燭，走進臥室後便放聲痛哭，過了一會兒又自言自語，在房間裡狂亂地走來走去，然後癱倒在床上，直到深夜十二點，僕人問他要不要脫靴子，這才驚動了他。他讓僕人把他的靴子脫掉，並吩咐第二天早上沒有他的叫喚不要進房裡去。

禮拜一早上，他給夏綠蒂寫了封信。維特死後，人們在他的書桌上發現這封信，已經用火漆封好，於是便交給夏綠蒂。從行文來看，信是斷斷續續寫完的，我依照它的原樣，分段摘錄出來。

夏綠蒂，我已經決定了，我要去死。寫這句話的時候，我並沒有懷著浪漫的激情，心裡反而十分平靜。當妳讀到這封信的時候，親愛的夏綠蒂，冰冷的泥土已經掩埋了我僵硬的軀體。在他生命的最後一刻若有些許的快樂，那就是再見妳一面，再和妳說說話。我熬過了一個可怕的夜晚，卻也是一個仁慈的夜晚，是它堅定了我死的信念！昨天，當我離開妳時，眞是痛苦不堪、萬念俱灰，往事一一湧上心頭，我猛然意識到一個殘酷的事實：我在妳身邊既無希望，也無歡樂啊……

我回到自己的房間後，便瘋狂似地跪在地上，祈求上帝賜給我幾滴淚水，好讓它們滋潤我乾枯的心田。我腦海中翻騰著各式各樣的念頭，但最後只剩下一個，一個堅定不移的想法，那就是死！我躺下睡了，今早醒來心情平靜，而那個念頭依然強烈地存在：我要死！這並非絕望，而是一種信念！我想我已經受盡了苦難，是該爲妳而死的時候了。是啊，我爲什麼要保持緘默呢？我不應該呵！我們三人之中有一個人必須離開，而我就願做那一個！哦，親愛的夏綠蒂，我破碎的心靈曾隱約出現過一個狂暴的想法——殺死妳的丈夫！再殺死妳！最後殺死我自己！

過去的事就讓它過去吧！在一個夏日的黃昏，當妳登上景色秀麗的山崗，可不要忘了我呵，不要忘了我也喜歡來這兒駐足。然後妳再眺望遠處的墓地，尋找我的墳塋，在落日最後的餘暉中，欣賞我墳頭濃密的野草在風中搖曳……

我開始寫這封信的時候心情很平靜，可現在，往事生動地展現在眼前，我忍不住哭了，像個孩子似地哭了。

將近十點鐘的時候，維特叫來僕人，一邊穿外套一邊對僕人說，他過幾天要出遠門，要僕人把他的衣服弄乾淨，並打點好所有的行裝。此外，他派僕人去各處結清賬目，收回幾本借出去的書，還把本來每月施捨一次的錢，提前給了兩個月。

他在房間裡吃完早餐，之後便騎馬去法官的獵莊，但法官不在家。他來到花園裡，一邊踱步一邊沉思，像是重溫過去的一切，然後與之訣別。

可是小傢伙們不讓他安靜，他們跑過來，趴在他的背上告訴他：明天的明天，也就是再過一天，他們就可以得到夏綠蒂姊姊的聖誕禮物了。他們還向他描述了想像中的種種奇蹟和驚喜。

「明天的明天！」維特喃喃地唸著，「再過一天！」隨後，他親吻了每個孩子，準備離開。這時，最小的那個孩子對他說悄悄話，他說哥哥們寫了好幾張精美的聖誕卡，好大好大的，一張給爸爸，一張給阿爾伯特和夏綠蒂，還有一張給維特，只不過要到新年的早上才能給他們。維特很感動，給了孩子們每人一點東西，然後上馬，讓孩子們代他問候他們的父親，說完便含著眼淚騎馬而去。

將近五點，維特回到了家。他吩咐女僕添足臥室壁爐用的柴，這樣火可以一直維持到深夜，還叫僕人把書和內衣裝進箱子裡。做完這些，他在給夏綠蒂的最後一封信中寫下這樣一段文字：

妳想不到我會來吧？妳是不是以爲我會聽妳的話，直到聖誕夜才來？啊，夏綠蒂，今日不見就永遠見不到了！在歡樂的聖誕之夜，當妳捧著這封信，妳的手將顫抖，妳的淚水將噴湧而出。噢，我要走了，我感到一種難以言狀的快意，我決心已定！

夏綠蒂這段時間的心情也很奇怪。自從最近那次和維特談話以後，她內心深切地感到，要她和他分開是多麼艱難，而維特被迫離開又是多麼痛苦。

她似乎是不經意地對阿爾伯特說：「維特聖誕夜之前不會來了。」於是，阿爾伯特騎馬去見住在附近的一位官員，有些公事需要辦理，因天色太晚，不得不在官員家中過夜。

夏綠蒂獨坐房中，不禁思忖起自己目前的處境來。她清楚地知道自己將和阿爾伯特終身相守。她瞭解丈夫對自己的愛與忠誠，並發自內心地傾慕他，特別是他的穩重可靠，能夠使任何一位賢淑的女子享受到幸福的生活，他是她和弟妹們永遠不可或缺的依靠。但另一方面，維特對她來說又是如此可貴。從相識的那一刻起，他們倆就情投意合，長時間的交往以及共同的興趣愛好，都在她心中留下不可磨滅的印象。她已經習慣和他分享自己的快樂，如果他真的走了，一定會讓她感到空虛，而且永遠無法彌補。唉，如果他是她的哥哥就好了，她會有多幸福啊！她又希望能把自己的哪個女友嫁給他，好讓他和阿爾伯特恢復過去的友誼。

她把女友們一個個都考慮了一遍，發現她們都有這樣那樣的缺點，沒有一個配得上維特。

在反覆的考慮過程中，她猛然感覺到，自己竟暗暗地在希望著一件事——儘管她不肯承認——把維特留給自己！一想到此，她立刻斷然否認，對自己說這是不可能的，絕不可能！純潔美麗的夏綠蒂向來總是那麼輕鬆愉快、無憂無慮，此刻也變得憂傷起來。

她就這麼左思右想，直到六點半。突然，傳來一個熟悉的腳步聲，她一下子就聽出是維特的，他上樓來了。她的心怦怦狂跳，這種情況還是第一次，以往維特來時她從不會這樣。她很想叫人告訴他自己不在，但……當他走進房間時，她心慌意亂地大聲說：

「你食言了！」

「我可沒有許過任何承諾。」維特說。

「即使這樣，你也該滿足我的請求呀！」她反駁說，「我請求過你，讓我們都安靜安靜。」

夏綠蒂一直鎮定不下來，也不知道自己在說什麼、做什麼。她急忙派人去請她的幾個女友來，以免單獨和維特待在一起。他帶來幾本書，是要還給她的，又問起另外的幾本。這時的夏綠蒂，一會兒希望女友快點來，一會兒又希望她們千萬別來。女僕進來說，她的女友不能來，請她原諒。

她本想叫女僕在隔壁做針線活，但轉念一想又改變了主意。維特在房間裡來回踱步，她便坐到鋼琴前，彈起一支法國舞曲，卻怎麼也彈不好。維特已坐在那張老式沙發上，這是他習慣了的位置。夏綠蒂定了定神，不慌不忙地坐在他的對面。

「你沒有什麼好書可以朗讀嗎？」夏綠蒂問。

他現在的確沒有。

她又說：「那邊，我的抽屜裡放著你譯的幾首莪相的詩，我還沒有讀過，一直希望由你親自朗誦給我們聽，卻總是找不到合適的機會。」

維特微微一笑，取來那幾首詩。可當他看見稿紙上的詩句，身體不由得打了個寒顫，眼裡已有淚光。他坐下來，朗聲讀道：

浩瀚夜空中的孤星啊，在朦朧而神祕的天際，你散發出美麗而冷豔的光華，從雲端抬起你明亮的頭，莊嚴地步向原野山崗。你在荒原上尋覓什麼呢？狂暴的風已經停息，遠方傳來溪流的絮語，驚濤拍打著岩石，成群的飛蟲在曠野飛舞。你在荒原上尋覓什麼呵？美麗的孤星，你微笑著款款前行，雲朵如浪花般簇擁著你。別了，美麗的孤星，你這莪相心中永遠的光華，願你永遠閃耀人間！

在你銀色的光輝中，我見到逝去的友人，他們相聚在羅納平原，宛若猶在人間。啊，芬戈爾來了，像根擎天之柱，在他周圍是他的勇士——那些古代的歌者：白髮的烏林，身軀偉岸的利諾，歌聲動人的阿爾品，還有那美麗哀怨的彌諾娜。我的朋友們呵，記得當年在塞爾瑪山上，我們競相歌唱，歌聲如春風飄蕩在大地，喚醒了沉睡的森林、田野和山崗，可從此以後你們卻變了模樣。

這時，嬌豔的彌諾娜緩步走來，低垂著頭，眼中浸滿淚水，濃密的秀髮在疾風中飛揚。她放聲歌唱，用甜美的歌喉吟唱薩格爾和美麗的姑娘可兒瑪。優美的歌聲迴蕩在天空和大地，勇士們的心中更加憂傷，他們早已望見薩格爾的墳墓，早已望見白衣少女可兒瑪的幽閉之鄉。

可兒瑪孤獨地坐在山崗上，柔聲地唱著歌，等待著她心愛的人，薩格爾答應過她要來，四周已是夜色茫茫，卻始終不見他的身影。聽啊，這就是可兒瑪獨坐在山崗上的歌唱。

可兒瑪

夜已漸漸降臨！我獨坐在狂風呼嘯的山崗上，苦苦等待著愛人的到來。山風淒厲可怖，洪水咆哮著沖下山崖，可憐的我被遺棄在風雨中，沒有茅屋為我遮風擋雨。

月兒啊，從烏雲中出來吧！星星啊，在夜空中閃爍吧！請為我照亮前路，帶我去愛人所在的地方。他打獵後正在那裡休息，身旁擺著鬆了弦的弓弩，周圍躺著疲勞困頓的狗群。可我獨坐在雜草叢生的河畔，激流和風暴喧囂不已，聽不見愛人的聲音。我的薩格爾為何遲遲未歸？莫不是你已忘記了諾言？這兒就是我們約會的地方呵。瞧那岩石、樹木、湍急的河流，你答應夜幕降臨就來到我的身旁！我的薩格爾啊，你可是迷失了歸途？我願和你一起逃走，離開高傲的父親和兄弟。薩格爾啊，我們兩家世代為仇，但我倆卻深深相愛。

月亮在夜空裡散發出銀色的光輝，溪流在峽谷中閃亮，山崗上怪石突兀，但山頂上卻不見他的蹤影，也沒有狗群傳達他歸來的訊息，只有我獨自一人在這裡等候。

可是，在山下的荒原，那躺在草地上的人是誰呵？是我的愛人，還是我的兄弟？你們說話呀！噢，他們一聲不響，令我心生焦慮！啊，他們死了！他們的劍猶在手中，上面是斑斑血跡！我的兄弟啊，你爲何殺死我的薩格爾？我的薩格爾啊，你爲何殺死我的兄弟？你們都是我至親至愛的人呀！在山崗旁掩埋著成千上萬的鬥士，你是最最英俊的，我的薩格爾！而我的兄弟喲，你在戰鬥中最爲英勇無敵！回答我吧，親愛的人，你們可聽見我深情悲傷的呼喚？唉，他們已永遠沉默，身軀已冰冷僵硬。

亡靈啊，我親愛的人，你們開口說話吧！在山頂的岩石上，或者在風雨狂暴的山巔，向我訴說吧，我絕不會感到恐懼害怕！告訴我吧，你們將安息在哪裡？我去到群山中的哪個洞穴才能找到你們？狂風呼嘯，我聽不見你們的回音；暴雨滂沱，我聽不見你們的歎息。

我坐在山崗上放聲痛哭，盼望著黎明的來臨。死者的墳墓已掘好，親友們啊，在我到來之前，請別把墓室關閉。我的生命之火已熄滅，又怎能獨活人世？我願和至親至愛的人同住在這溪畔的岩洞裡，每當夜色籠罩山崗，狂風掠過曠野，我的靈魂就會在風中爲我的親人哀號。獵人們聽見我的哭訴，既恐懼又驚喜，要知道我在悼念至親至愛的人，聲音又怎能不甜蜜！

這就是妳的歌呵，彌諾娜，托爾曼美麗的女兒！妳的歌讓我們流淚，妳的歌使我們傷心，爲少女可兒瑪不幸的命運。

烏林懷抱豎琴登場了，爲我們彈奏著阿爾品和利諾的歌。阿爾品聲音悅耳，利諾心地火熱善良，可他們已永遠安息，他們的歌聲已在塞爾瑪山絕響！還在英雄們未戰死的時光，有一次烏林狩獵歸來，聽見他們在山上歌唱，歌聲哀婉動人，充滿憂傷。他們悲歎英雄首領穆拉爾的隕落，讚美他的寶劍鋒利如奧斯卡，他的靈魂高尚如芬戈爾。穆拉爾倒下了，他的父親悲痛欲絕，他的姊姊淚流成河，英勇的穆拉爾的姊姊彌諾娜淚流成河啊！在烏林歌唱的時候，彌諾娜已緩步離去，恰似天空的月亮預見到暴風雨即將來臨，將美麗的面龐隱藏到烏雲深處一樣。我和烏林一同撥響琴弦，彈奏著利諾和阿爾品悲愴的歌。

利諾

暴風雨已過去，雲開霧散，來去匆匆的太陽照耀著大地，光芒萬丈。溪流上波光粼粼，泛著閃閃的紅光，潺潺流水穿過峽谷，一路笑語歡歌。我卻聆聽到一個更動人的聲音，那就是阿爾品在歌唱，痛苦地把死難的英雄歌唱。他衰老的頭顱低垂，他含淚的眼睛腫大。阿爾品啊，傑出的歌手，你爲何獨自來到這寂靜的山上？爲何你悲愴的聲音連綿不息，像曠野的風，像大海的浪？

阿爾品

利諾呵，我的淚爲死難者而流，我的歌爲墓中人而唱。在荒原的英雄們中，你是多麼英俊魁梧，但你也將像穆拉爾一樣戰死，你的墳前也會有人悲傷痛哭，這裡的山崗將把你忘記，你的弓箭將高懸，從此沾滿灰塵。

穆拉爾啊，在這山崗上，你曾飛奔如鹿，狂暴如火。你的憤怒如可怕的颶風，你的寶劍如荒野的閃電，你的聲音響亮如咆哮的山洪、如暴風雨夜的驚雷！多少人曾被你狂暴的怒火吞噬，多少人死於你鋒利無比的寶劍之下。可當你從戰場歸來，你的神態寧靜安詳，你的容顏如雨後的麗日、如靜夜的月亮，你的胸懷如風平浪息的寬廣海洋！

當年你是多麼偉大啊！而如今你的墓穴狹小、幽暗，四塊石板就是你的墓碑，上面還長滿了野草，墓旁只有一株枯樹孤獨守候。高高的野草在風中低語，告訴過往的獵人，這裡就是偉大的穆拉爾最後的居所。沒有情人來爲你灑淚，沒有母親來為你哭泣——莫格蘭的女兒養育了你，而她已先你亡故。

從遠方走來的是誰？他手持枴杖，白髮蒼蒼，雙眼被淚水浸泡得又紅又腫。呵，那是你的父親，穆拉爾，你是他唯一的兒子啊！他曾聽見你在戰鬥中吼聲如雷，也曾聽說你把敵人打得四處逃竄，他只知道你的名字威震四方，卻全然不知你業已長眠！痛哭吧，穆拉爾的父親！哭訴吧，儘管你的兒子已無法聽見！死者安然沉睡，身臥塵埃，永遠也聽不到你的呼喚，永遠不會再生。啊，什麼時候墓穴中能迎來黎明，將最英勇的沉睡者喚醒！

永別了，人海中最高貴的人，戰場上最無畏的勇士！從此以後，戰鬥中再也見不到你驍勇的英姿，幽林間再也不會閃動著你雪亮的寶劍！儘管你沒有兒子傳承偉業，但我們的詠唱將使你不朽，世世代代的人都將聽到戰死沙場的穆拉爾英名。

英雄們放聲痛哭，安弭的哭聲更是撕心裂肺。他哀悼已故的兒女，痛惜他們正當青春年華卻已逝去。遼闊的格馬爾的君王卡莫爾坐在老英雄身旁，他問道：「安弭啊，你為何痛哭流涕？你為誰大聲哀號？聽這琴弦上的歌聲，眞是悅耳動人，就好似湖面上冉冉升騰的薄霧，輕柔地在幽谷飄蕩，滋潤姣妍的花朵，可當烈日重新照耀，薄霧就將消散。你爲何如此悲傷呵，安弭，你這島國哥爾馬的君王？」

悲傷呵，悲傷，我的悲傷訴說不盡！卡莫爾啊，你沒有失去兒子，沒有失去女兒，你勇敢的兒子哥爾格還在人世，你的女兒，天下最美的姑娘安妮娜，還在你身旁。你的家庭枝繁葉茂，卡莫爾，而我卻沒有了繼承王位的人。多娜啊，妳已在墓穴中長眠，妳的棺床已發黴腐朽，什麼時候妳才會唱著歌兒醒來？妳的歌聲還是那麼甜美嗎？秋風呵，使勁吹吧，吹過黑暗的原野！狂飆呵，你怒吼吧，在橡樹林中掀起巨瀾！月亮呵，放出光華吧，從破碎的雲絮中出來，讓我看看你蒼白的臉！你們看到了一切，見證了我失去兒女的恐怖夜晚！那一夜，強健的阿林達爾死了，多娜，我親愛的女兒，她也未能倖免。

多娜，妳是多麼美麗動人啊！妳美麗如弗拉爾山上的皓月，潔白如天空飄舞的雪花，甜蜜如芬芳的玫瑰！阿林達爾，你的弓弩強勁有力，你的標槍迅猛快捷，你的眼神如迷霧裡的燈塔，你的盾牌如暴雨中的彩霞！

名聞遐邇的英雄阿瑪爾向多娜求婚，多娜沒有抗拒多久就答應了，大家都期待著那美好時刻的到來。

奧德戈的兒子艾拉德怒不可遏，他的弟弟曾死在阿瑪爾的劍下。艾拉德喬裝成一個船夫，駕駛著一葉輕舟來到我的島國哥爾馬。他的頭髮蒼老如雪，他的面龐也和顏悅色。「最最美麗的姑娘啊，」他說，「安弭可愛的女兒！在離海岸不遠處的海島上，在可以望見鮮豔果子的山崖旁，阿瑪爾在那裡等妳，我遵從命令前來接他的愛人，帶她越過波濤洶湧的海洋。」

多娜上了艾拉德的船，來到大海中的山崖旁。她不停地呼喚著阿瑪爾，可除去山崖的回音，再也沒有任何聲響。「阿瑪爾，我的愛人，我親愛的，你爲何要這樣嚇我？聽聽吧，阿納斯的兒子！聽聽吧，是我在呼喚你呀，我是你的多娜！」

陰險狡詐的艾拉德，狂笑著逃回了陸地。多娜在山崖邊拚命地疾呼，呼喚她的父親，呼喚她的兄長。「阿林達爾！安弭！難道你們誰也不來救救多娜？」

她的呼喚聲從海上傳來，阿林達爾，我的兒子立刻從山崗上躍下來。終日的打獵生活使他性格剽悍，他身揹利箭，手執強弓，五隻黑灰色的獵犬隨時圍繞身邊。他看見卑鄙的艾拉德，立即抓住了他，把他綁在橡樹上，在他的腰上用繩子緊緊地纏繞，艾拉德在海風中不停地哀號。

阿林達爾駕著小船向山崖前進，一心要救回多娜。這時，阿瑪爾飛速趕到，怒火衝天的他射出了灰翎利箭，「嗖」的一聲，阿林達爾，我的兒子呵，利箭竟然射進你的胸膛！我親愛的兒子，你代替艾拉德丟掉了性命。小船一到山崖下，阿林達爾就倒下了。多娜呵，眼前是流淌著鮮血的兄長，妳是那麼的痛苦悲傷！

山崖下的大海波濤洶湧，巨浪擊破了小船。阿瑪爾縱身躍入大海，不知是爲了救他的多娜，還是羞愧難當而悲憤自殺。霎時狂風大作，白浪滔天，阿瑪爾沉入海底，一去不返。

在海浪衝擊的懸崖上，只剩下我一人悲傷地聽著女兒哭泣。我是多娜的父親呵，卻無力救她。我的力量已在戰爭中耗盡，我的驕傲已被姑娘們消磨，只能徹夜站在海岸邊，在月光下看著她、聽著她的呼喊。風在海面上怒吼，雨狂暴地抽打著山崖。黎明還未到來，多娜的聲音已很微弱，當夜色在草叢中消散，她已奄奄一息。懷著深深的痛苦和悲傷，多娜死去了，把我安弭一人孤苦地留在這世上！

每當山頂雷雨交加，狂風掀起巨浪，我便坐在濤聲轟鳴的海岸邊，遙望那可怕的大海和山崖。在朦朧的月影裡，我常常看見孩子們的幽魂，時隱時現，飄飄渺渺，哀傷而和睦地攜手同行……

兩行熱淚從夏綠蒂眼中滾落下來，這讓她心裡感覺輕鬆了一些，維特卻再也讀不下去了。他扔下詩稿，抓住夏綠蒂的手，失聲痛哭，夏綠蒂則把頭埋在另一隻手上，用手絹捂住眼睛。兩人的情緒異常激動——詩歌中高貴的主角們的遭遇，讓他們體會到自己的不幸！相同的感情和流淌在一起的淚水，使他們靠得更近了，維特的頭緊靠在夏綠蒂的手臂上，連同他那灼熱的嘴唇和眼睛。她猛然驚醒，想要推開他站起來，但悲傷和憐憫卻使她動彈不得，手和腳如同灌了鉛塊。她哽咽著請求他繼續讀下去，聲音淒美動人。維特渾身顫抖，心都要碎了。他從地上拾起詩稿，斷斷續續地讀道：

春風啊，你爲何將我喚醒？你輕柔地撫摸著我的身體回答：「我要用天上的甘霖滋潤你！」可是啊，我的末日臨近了，風暴即將襲來，我的枝葉都將飄零！明天，有位旅人將要到來，他見證過我美好的青春，他將在曠野裡四處尋覓，卻見不到我的蹤影……

幾句充滿魔力的詩，徹底擊垮了維特本已脆弱的心靈。他完全絕望了，一下子跪倒在夏綠蒂的腳下，緊緊地抓住她的雙手，把它們捂在自己的眼睛上、額頭上。夏綠蒂心裡剎那間閃過一個念頭，覺得維特會做出什麼可怕的事情來，頓時神智迷糊，情難自制。她抓住他的雙手，把它們緊擁在自己的胸口上，激動而傷感地彎下身，兩人滾燙的臉便貼在一起。世界已不復存在！他摟住她的身子，把她緊緊地抱在懷裡，狂吻她顫抖的雙唇。「維特！」她幾乎快要窒息，聲音十分微弱地喊道，極力把頭扭到一邊。「維特！」她試圖用軟弱無力的手推開他。「維特！」她的聲音克制而莊重。

維特不再反抗，放開了她，像個罪人似地跪在她腳下。她站起來，對他既惱又愛，她的身體不停顫抖，心裡慌亂如麻。「這是最後一次，維特，你別想再見到我了！」說完，她向這可憐而又不幸的人深情地瞥了一眼，逃進隔壁房間，鎖上了房門。

維特仰臥在地上，頭枕著沙發，一動不動地待了半個多小時，直到一些響聲使他如夢初醒。是女僕來準備晚餐用的餐具。等他發現房裡只有自己一個人時，他走到通往隔壁房間的門前，輕聲地說：

「夏綠蒂，夏綠蒂！只再說一句，一句告別的話！」

房間裡沒有任何聲響。他等了一會兒，然後再請求，再等待……最後不得已只好離去。臨走之前，他喊道：

「別了，夏綠蒂！永別了！」

維特來到城門口，守門人早已認識他，沒問一句就放行了。在雨雪交加的夜晚，維特木然地躑躅在野地裡，感覺不出刺骨的寒意。深夜十一點，他回到家。年輕的僕人為他開門，發現主人的帽子不見了，看著主人陰鬱的臉，僕人不敢吭一聲，只是伺候他脫下濕透了的衣服。後來，在臨近峽谷的懸崖上，有人撿到了他的帽子。令人難以置信的是，他怎能在漆黑的雨夜攀上懸崖，竟然沒有失足摔下來。

這一覺他睡了很久很久。第二天早晨，僕人來送咖啡時，發現他正在寫信。

在致夏綠蒂的那封信上，他又寫了一段文字。

最後一次了，我最後一次睜開眼睛，它們就要見不到太陽的光輝了，永遠墜入黑暗迷濛的長夜。痛哭吧，無所不能的大自然，你的兒子、朋友、情人，他的生命就要結束了。當一個人不得不對自己說「這是我的最後一個早晨」時，他心中的感覺最接近於朦朧的夢。「最後一個早晨」？夏綠蒂呵，我真的完全無法理解「最後一個早晨」的含義！難道此刻還有血有肉地站在這兒的我，明天早晨就要歸於塵土嗎？死亡！死亡意味著什麼？瞧，當我們談到死亡時，往往就像在做夢。我曾經目睹過一些人怎樣死，但人類生來就有很大的侷限，他們對自己生命的開始與結束，從來都無法理解。就好像現在還存在的我、妳——呵，親愛的——可再過片刻我們就要分開、離別……說不定就是永別了……哦，不，夏綠蒂，不！我怎能逝去呢？妳怎能逝去呢？我們不是還存在著嗎？「逝去」？這又意味著什麼？還不是一個詞，一個沒有意義的詞，我可沒心思去琢磨它……死亡，就是被埋在泥土裡，那麼狹窄，那麼黑暗……我曾有一個女友，在我少年時代，她就是我的一切。後來她死了，我去參加她的葬禮。人們把她的棺木放進坑裡，抽出抬棺木的繩子，然後開始填土。土塊落在棺木上，發出「咚咚」的聲音，響聲越來越沉悶，漸漸看不到裝她的棺木，到最後把坑整個填平了。看著眼前的一切，我心痛欲裂，震驚、恐懼到了極點，我控制不住自己，撲到了她的墓前，放聲痛哭。儘管如此，我還是不明白究竟發生了什麼事……死亡！墳墓！這些詞我眞的無法理解啊！

唉，原諒我吧，請求妳原諒我！爲昨天的事。那時，我要是死了才好吶！我的天使呵，第一次，我的內心深處第一次確切地感覺到：她愛我！她愛我！這幸福的感覺令我熱血沸騰！此刻，我的唇上還燃燒著從妳的嘴唇傳遞過來聖潔的烈火，不斷地溫暖著我的心。請原諒我吧！

我早就知道妳是愛我的。從一開始妳對我熱烈的顧盼中，在我們第一次握手時，我便知道妳愛我，但後來我離開了妳；當我在妳身邊看見阿爾伯特，我對此產生了懷疑，因而感到焦灼和痛苦。

妳還記得給我的那些花嗎？在那次聚會中，我們不能交談，不能握手，一切都令人心煩意亂，妳便送了這些花給我。知道嗎？回到家後，我在它們面前跪了半夜，它們使我確信了妳對我的愛。可是，唉，這樣的感覺不久就淡漠了，就像一個基督徒在蒙受上帝恩賜後內心擁有無比的幸福，然而，隨著時間的流逝，這種感覺會漸漸模糊，直至消失。

一切都稍縱即逝啊！唯有從妳唇上吸吮的生命之火在我體內燃燒，而且永遠不會隨著時光的流逝而熄滅。啊，她愛我！這胳膊曾摟抱過她，這唇曾親吻過她，這嘴曾在她耳邊低語，這……她是我的！噢，夏綠蒂，妳是我的，妳將永遠是我的！

不錯，阿爾伯特是妳的丈夫，那又怎樣？哼，丈夫！難道我愛妳，想把妳從他的懷抱中奪過來，對這個世界而言就是一種罪孽嗎？哼，罪孽！我情願爲此受罰！我已嘗到這種罪孽的全部甘美，已然飲盡生命的瓊漿，從那一刻起，妳就是我的了！妳就是我的了！啊，夏綠蒂，我要先走了，去見我們的天父，我將向祂訴説我的不幸，從祂那裡得到安慰。當妳到來的時候，我會奔向妳，並緊緊地擁抱妳，在無所不在的上帝面前，我將永遠和妳擁抱在一起，再也不分離。

我不是在做夢，也不是胡言亂語，在即將進入天堂的時刻，我的心中更豁亮了。我們會再見的，一定會的！我們將見到妳的母親，向她傾訴我的愛和忠誠，因爲妳的母親和妳本來就是一個人啊！

將近十一點，維特問他的僕人，阿爾伯特是否回來了，僕人說看見阿爾伯特騎馬跑過去。隨後，維特遞給僕人一張沒有用信封裝的便條，上面寫著：

我打算去旅行，請把手槍借給我用用，好嗎？祝萬事如意！

※※※

夏綠蒂昨晚遲遲未能入睡，她所害怕的事終於發生了，以一種她不曾預料的方式發生了。她那一向平緩流淌的血液沸騰了，千百種情感交織在一起，把她的心攪得亂糟糟的。這是因為維特熾熱的情感還殘存在她心中，還是對維特的放肆無禮感到惱火？或者是眼前的艱難處境和過去無憂無慮、充滿自信的生活兩相比較，因而心中產生的不快呢？唉，這叫她怎麼去見自己的丈夫？怎麼向他解釋那一幕？她本應直言不諱地告訴他，但她始終鼓不起勇氣——難道在這不太合適的時機，她應該主動打破沉默，向丈夫坦承那個意外事件嗎？她擔心，也許光是提到維特就會給丈夫帶來不快，更何況那對他來說完全是一場意想不到的災難！丈夫會理智地看待這件事，不帶一點成見嗎？丈夫願意明辨她的心跡嗎？可是，她又怎麼能夠在丈夫面前裝作什麼都沒發生呢？她可從未對丈夫隱瞞過——也不可能隱瞞——自己的任何感情，就像水晶一樣純潔透明呵。夏綠蒂左思右想，顧慮重重。而另一方面，她又一再想到維特：她丟不開他，卻不得不這麼做；而維特失去了她，便失去了一切。

兩個原本理智善良的人，因為分歧而不再交流，心裡都想著對方的過錯，使事情變得越來越複雜、越來越糟糕，最後成為一個解不開的死結。夏綠蒂哪裡知道，如果她和丈夫能夠相互溝通，解釋清楚一切，消除他們之間的隔膜，像過去那樣互愛互諒，那麼，在維特的生命處於千鈞一髮之際，或許還有獲救的希望。

此外，特別值得注意的是，維特從不隱瞞自己渴望離開這個世界的想法，而阿爾伯特對自殺一貫深惡痛絕，為此兩人時常發生爭論。不過阿爾伯特曾多次激烈地表示，他認為維特並沒有當真，還以此和維特開過幾次玩笑，也把自己這個看法告訴過夏綠蒂。在這種情況下，一想到那可能發生的悲劇，夏綠蒂一方面深感不安，另一方面又很難開口向丈夫訴說她的憂慮。

阿爾伯特回家了，夏綠蒂急忙迎了上去，神情窘迫。此時阿爾伯特心情很不好，由於那個官員是個不通情理的人，他的事情沒有辦妥，加上回程道路的泥濘，更令他生氣。

他問家裡有沒有什麼事，夏綠蒂慌張地告訴他維特昨晚來過，阿爾伯特不置可否。他又問有無信件，夏綠蒂說收到一封信和一個包裹，已放在他的房間裡。阿爾伯特朝自己的房間走去。望著丈夫的背影，回想起他的高尚、溫柔和善良，夏綠蒂的心平靜了許多，並產生一種依戀的情懷，渴望和他待在一起，於是她拿起針線，也去了他的房間。阿爾伯特正忙著讀信，看來信的內容令他不快。她關切地詢問丈夫，他只是簡單地回答了幾句，然後坐在書桌前寫回信。

他們就這樣沉默地待了一個小時，夏綠蒂的心變得越來越陰鬱。此時，她才猛然感覺到，即使丈夫的情緒很好，自己也很難向他坦白那一幕。夏綠蒂陷入一種深切的悲哀之中，但她卻不得不竭力地掩飾起來，把眼淚吞進肚子裡，這又更加深了她內心的難過。

維特的僕人進來時，夏綠蒂深感不安，尷尬之極。阿爾伯特讀了維特的便條，漫不經心地對夏綠蒂說：

「把手槍給他。」隨即對維特的僕人說，「祝他旅途愉快。」

這話猶如一聲驚雷，一種不祥的感覺向夏綠蒂襲來。她搖晃著站起來，頭腦裡空白一片。她用顫抖的雙手從牆上取下槍，慢慢地擦去槍上的灰塵，遲遲沒有把槍交給僕人，若不是迫於阿爾伯特質疑逼視的目光，她還會拖延下去。她極不情願地把槍遞給了僕人，似乎想說什麼，卻什麼也說不出來。等僕人走了之後，她回到自己的房間，心裡忐忑不安，彷彿預感到某件可怕的事情即將發生。然而她內心矛盾重重：她一會兒決定去丈夫的房間，跪在他面前，坦承昨晚發生的事，坦承自己的錯誤，並告訴他自己的預感；過一會兒又覺得這樣做不會有什麼好結果，而且幾乎沒有任何可能說服阿爾伯特去維特那裡。這時，晚餐準備好了，夏綠蒂的一個好友正好來問點事，他們邀請她共進晚餐，使氣氛輕鬆了不少。夏綠蒂竭力控制自己，和大家一起聊天，時間不知不覺地就過去了。

僕人走進維特的房間。一聽說槍是夏綠蒂親手交給他的，維特便狂喜地一把奪了過去。他吩咐僕人給他送來麵包和酒，然後繼續寫那封給夏綠蒂的信。

我一遍遍地親吻它，因爲妳的手曾碰觸它、擦拭它，這上面還留有妳的餘溫。夏綠蒂啊，我的天使，妳更加堅定了我的決心！妳把槍給了我，而我曾經多麼渴望能死在妳的手中，如今我的願望終於實現了，也將我和妳永遠地連結在一起。那個小夥子告訴我，當妳把槍遞給他的時候，妳的雙手在顫抖，連「再見」也沒有說！多麼可悲啊！妳沒有說再見，難道在那一瞬間就把我從妳的心裡放逐了嗎？可是哪怕再過一千年，那一瞬間在我的心中也不會磨滅！夏綠蒂啊，妳不可能恨一個如此熱戀妳的人吧。

維特叫僕人把行李全部捆好，自己燒毀了許多信件，隨後出門了結幾樁債務。回到家不一會兒，他又冒雨跑了出去，來到已故伯爵的花園裡，在園中轉來轉去，直到夜幕降臨。回家後他又開始寫信。

威廉，在我最後的一瞥中，田野、森林和天空都已印在我的心裡。請你多珍重，也請我的母親原諒我吧！威廉，請你多多安慰她，願上帝保佑你們！我的事情都已料理妥當，請不必擔心。永別了，我親愛的朋友！我們會再見的，到那時我們將永遠在一起，共享無可比擬的快樂時光。

阿爾伯特，請原諒我吧。我破壞了你家庭的和睦，造成你們之間的猜疑和隔膜。永別了，我將親自結束這一切，但願我的死能爲你們帶來幸福！阿爾伯特，讓我們的天使幸福吧！如果你做到了這一點，上帝會保佑你的。

晚上，他又燒毀了許多文稿、信件，之後在幾個寄給威廉的包裹上打好漆封。包裹裡是他寫的一些雜文，過去我曾讀過幾篇。十點鐘的時候，他叫僕人給壁爐添了些柴火，又送來一瓶酒，隨後便讓小夥子去睡覺了。僕人和房東都住在後院，離維特的臥室有段距離。僕人回去後就和衣睡了，第二天他得一大早就起床，郵車明天六點以前來，主人有包裹要寄。

晚上十一點過後

周圍的世界萬籟俱寂，我的心也同樣寧靜。感謝上帝，感謝你在這最後時刻賜予我如此大的力量。

仰望夜空，透過急速飛奔的烏雲，我依然看見一顆顆閃亮的星，那就是你們呵，我至親至愛的人！不，你們永遠不會墜落，因為你們和我一樣存在於上帝這位永恆主宰的心中。在群星璀璨中，有一顆最美麗的——北極星，每當夜幕降臨，我離開妳的時候，它就在那遙遠的地方凝視著我。望著它，我如癡如醉，向它伸出雙手，將它當作我神聖幸福的象徵！還有那……夏綠蒂啊，還有什麼東西不會讓我想到妳呢？妳無處不在！不是嗎？就連妳手指碰過的那些小玩意兒，我不也是像個孩子似的全部據為己有嗎？

夏綠蒂，這幅可愛的剪影畫像送給妳，請好好地珍藏吧，我在上面吻過何止千百次！每逢出門或回家，我都會對它揮手告別或致意。

有張紙條是給妳父親的，請他埋葬我的遺體。在公墓後面朝向田野的一角有兩株菩提樹，我希望安息在那兒。我想妳父親能夠、也願意為他的朋友幫這個忙，也請妳替我向他求個情。不過，我不會勉強的，我這個不幸者的軀體不一定非要和虔誠的基督徒埋葬在一起①。唉，你們可以把我葬在路旁，或幽寂的山谷中，好讓過往的祭師在我墳前祝福，讓撒馬利亞人②為我灑下眼淚。

是時候了，夏綠蒂！握住這冰冷的槍柄，我心中毫無畏懼，恰似捧著盛滿佳釀的酒杯，我將把這死亡的美酒痛飲！我不會猶豫，因為它是妳給我的，我生命中的一切希望和夢想都因妳而得到滿足！此刻，我可以平靜地敲響那死亡之門了。

夏綠蒂啊，能夠為妳而死，為妳獻身，我是幸福的！我願意勇敢而快樂地面對死亡，只要我的死能為妳的生活重新帶來安寧和歡樂。人世間只有少數高尚的人願意為摯愛拋灑熱血，用自己的死鼓舞起朋友們無窮的生之勇氣。

我希望穿著我死時身上的這些衣服下葬，因為妳曾撫過它們，它們在我心中神聖無比。關於這一點，我也請求妳父親。請別讓人來翻弄我的衣袋，那個粉紅色的蝴蝶結是我第一次見到妳的時候，妳戴在胸前的……呵，請代我親吻孩子們，把我的故事告訴他們。可愛的孩子們呀，彷彿他們現在還圍繞在我身邊！啊，我是多麼依戀妳，自從見到妳之後，我就再也離不開了……那個蝴蝶結是我過生日時妳送我的，我希望和它葬在一起。夏綠蒂啊，我完完全全地接受了妳的一切，沒想到，我的結局竟是如此……鎮靜點！鎮靜點吧……

彈藥已經上膛……時鐘正敲響十二點！就這樣吧……夏綠蒂，夏綠蒂，別了，永別了！

一位鄰居看見火光閃了一下，接著聽見一聲槍響，隨後一切回歸平靜，於是便沒有太在意。

早晨六點，僕人走進維特的房間，發現他躺在地上，身下是一灘血，旁邊還有一枝槍。小夥子驚慌地把燈湊近維特，大聲地呼喚他，並扶他坐起來。靠在自己的身上。此時的維特還在喘氣，但已無法言語。僕人驚恐萬狀地跑去請大夫並通知阿爾伯特。夏綠蒂聽見急促的門鈴聲，頓時一種巨大的恐懼感襲來，渾身顫抖不已。她叫醒丈夫，兩人連忙穿衣起來。維特的僕人哭喊著跑進他們房間，結結巴巴地報告這可怕的消息。夏綠蒂一聽便昏厥過去，阿爾伯特連忙抱住她。

大夫趕到的時候，維特的脈搏還在微微跳動，但四肢已開始僵硬，顯然已經沒救了。他對準自己右眼上方的額頭開了一槍，腦漿都迸了出來。大夫不忍看維特如此痛苦地受死神的折磨，便割開了他胳膊上的一條動脈，但他仍在喘息。

靠椅的扶手上、地上，到處都是斑斑血跡，可以斷定他是坐在書桌前向自己開槍的，隨後倒在地上，劇痛迫使他圍著椅子翻滾，最後仰面躺著，臉對著窗戶，再也無法動彈。毅然走向死亡的維特，穿著他心愛的衣服：黑色燕尾服、黃色背心、長統皮靴。

維特的消息不脛而走，很快傳遍了全城。

阿爾伯特走進來的時候，維特已被放在床上，額頭紮著繃帶，臉呈死灰色，只是還在可怕地喘著氣，一會兒輕，一會兒重。大家都希望他快點嚥氣，不要再受如此深重的痛苦煎熬。

昨夜他只喝了一杯酒，書桌上放著《艾米麗亞・迦洛蒂》③，書是翻開著的。

我們可以想像阿爾伯特的震驚和夏綠蒂的悲傷，在此就不作描述了。

法官帶著幾個大一點的兒子匆匆趕來，老人淚流滿面地親吻著垂死的維特，悲痛不已。幾個孩子跪在床前放聲大哭，撲倒在維特身上，吻他的手和嘴。維特平日最喜歡的那個最大的男孩更是傷心欲絕，一直親吻著維特，不願撒手，直至維特嚥下最後一口氣，人們才不得不強行把他們分開。

正午十二點，維特終於結束了他的苦難，靈魂飛升天堂，微笑著跪倒在仁慈的天父面前。

當維特的死訊傳遍全城時，人們蜂擁而至，幸好法官事先做了安排，場面才不致於混亂。當晚十點過後，法官吩咐把維特葬在他自己選定的墓地，那裡可以俯瞰他心愛的峽谷和美麗的田園山川。幾名工匠抬著維特，法官帶著兒子跟在後面，沒有教士來為他送葬。阿爾伯特沒能來，他正為夏綠蒂的生命擔憂不已。

①按照基督教教義，自殺是一種叛教行為，自殺者不能葬入公墓。

②撒馬利亞人，指救死扶傷的人，見《新約·路加福音》第十章。

③德國偉大文學家萊辛（一七二九—一八三一）的著名悲劇。女主角的父親是一名軍官，為了不讓女兒被暴君玷污，他親手殺死了自己的女兒。

延伸閱讀

一、《一個世紀兒的懺悔》*La Confession D'un Enfant du Siecle*

《一個世紀兒的懺悔》是法國浪漫主義作家繆塞的代表作。所謂「世紀兒」，是指沾染上「世紀病」、懷疑一切、頹廢縱欲、處於痛苦和彷徨之中的資產階級青年一代。小說主角奧克達夫是十九世紀二、三〇年代，法國資產階級知識青年的一個典型代表。

奧克達夫是巴黎的一個富家公子，過著上流社會遊手好閒、驕奢淫逸的生活。當他發現自己深愛著的女人對他不忠，盛怒之下與情敵決鬥卻不幸受傷。此後，他陷入極度的痛苦中，對一切都表示懷疑。為了忘卻痛苦，奧克達夫過著放蕩不羈的生活，沉醉於酒色之中不可自拔。這是他染上「世紀病」的開始。父親病故後，奧克達夫回鄉奔喪，來到寧靜恬淡的鄉村，並愛上了美麗善良的寡婦布麗斯。這是一位性情溫柔的知識女性，奧克達夫從她的愛中獲得了生活的希望和力量。然而，染上「世紀病」的奧克達夫一方面熱戀著布麗斯，另一方面又懷疑她對自己不忠；既要求她的純潔愛情，又擔心她不能像那些放蕩的女人一樣愛他；既不能好好地愛她，又不願失去她，甚至企圖殺死她。奧克達夫變態的戀愛心理使兩人陷入痛苦之中。雖然奧克達夫深愛著布麗斯，但他反覆無常、暴躁易怒的性格常使布麗斯痛不欲生。經過痛苦的精神折磨與掙扎，奧克達夫終於擺脫了邪念，離開了布麗斯，讓她和一個摯愛著她的青年在一起。

小說結構巧妙，充滿戲劇性，心理描寫細膩生動，尤其是對奧克達夫變態的戀愛心理的刻畫，鮮明地表現了主角內心的矛盾、痛苦和激情。繆塞不愧為文學天才，把奧克達夫和布麗斯之間的悲劇戀情寫得纏綿悱惻、驚心動魄，使作品具有巨大的藝術魅力。

二、《紅與黑》*Le Rouge et le Noir*

一八二七年十二月，斯湯達爾在一份報紙上讀到貝爾德謀殺案，從這件情殺案中，他找到小說《紅與黑》的主角于連・索海爾的原型，並把于連塑造成平民衝擊復辟王朝、個人挑戰封建社會的代言人。

于連是木匠的兒子，富有才華，意志堅強，具有民主、自由和平等意識，以及反抗貴族社會的精神，並立志要依靠個人奮鬥來改變卑微的社會地位。他崇拜拿破崙，幻想著跟隨軍隊闖出美好未來；然而王朝的復辟令他的夢破滅了。他轉而決定成為神父，以突破上流社會對平民階層的壓抑。儘管于連並不信仰基督教，卻將拉丁文《聖經》讀得倒背如流。十九歲的于連來到維立葉爾市市長家做家庭教師，並得到市長夫人德．雷納爾夫人的愛情。在貝尚松神學院，于連學會了教士們虛偽和欺騙的處世手段。後來，于連與德．拉莫爾侯爵小姐相愛。正當他一步步接近夢想的時候，對他一往情深的德．雷納爾夫人違心地向德．拉摩爾侯爵發出一封告密信，斷送了于連的大好前程。一怒之下，于連在教堂內開槍擊傷了德．雷納爾夫人。儘管在死牢中的于連可以請求特赦，而且還能得到財富和美人，但在退縮和反抗之間，他還是義無反顧地選擇了反抗，他要用自己的鮮血，向腐敗的貴族與教會提出強烈抗議。于連拒絕向貴族階層把持的法庭求饒，最後被送上了斷頭臺。

于連和德．雷納爾夫人、德．拉莫爾侯爵小姐的愛情故事，始終貫穿整部小說，它的價值就在於對追求平等自由的戀愛和婚姻的肯定，對個性解放的讚頌。對兩位貴族女性來說，儘管她們的愛情方式各不相同，但她們的行為表現出對階級的厭惡，反叛了當時的社會道德。對于連來說，他的愛情之路同樣顯示出他個人的反抗精神。在與兩位女性的戀愛中，于連對戀人的柔情，遠遠不及他作為一個平民青年要求獲得戀愛和婚姻自由平等的熱情。當然，于連在開始追求她們時各有不相同的目的，這是時代給他的愛情打下的烙印。儘管于連在戀愛中採取了不擇手段的低劣做法，但在當時的歷史背景下，他的兩次戀愛卻具有追求平等自由和個性解放的積極意義。

于連的悲劇是那個黑暗的時代背景下的悲劇。于連有著極其敏銳的平民意識，時刻清楚自己的社會地位低下，對上層社會的醜惡行徑觀察得十分透徹，並懷著強烈的不滿，決心透過頑強的個人奮鬥來反抗這不平等的社會。然而，于連的反抗是平民反抗意識和個人進取野心的複雜結合，因此必然是矛盾和扭曲的，其結果必然是悲劇性的。

斯湯達爾展示了于連全部的善與惡，對之滿懷同情。他欣賞于連，賦予于連面對專制社會的勇氣，以及抗爭的精神；但他也清楚地意識到于連必然失敗的悲慘結局。他的結局暗示著個人的反抗無法改變不平等的社會制度。由此也揭露了罪惡的社會，對于連這樣有才能的青年一代的摧殘。

作家在複雜的矛盾衝突中生動地刻畫出人物性格，並細緻入微地展示了人物內心深處的思想活動，塑造出一連串具有豐富內心世界的人物形象，使《紅與黑》成為不朽的世界名著。

三、《新愛洛綺絲》*Julie ou la Nouvelle Heloise*

《新愛洛綺絲》為書信體小說，是法國思想家、哲學家、教育家和文學家盧梭的代表作，描寫了一對戀人的愛情悲劇。小說之所以取名為《新愛洛綺絲》，是因為故事的悲劇結局與十二世紀法國哲學家阿貝拉爾和愛洛綺絲的愛情一樣。在十二世紀的法國，經院哲學家們多是些教士，他們生活清苦而乏味，只有阿貝拉爾是個例外。阿貝拉爾是個教師，博學多才，擅長辯論，他和一個漂亮的學生愛洛綺絲深深相愛，卻遭到愛洛綺絲叔父的反對和暴力干涉，竟致閹割了阿貝拉爾。悲憤之下，兩人都進了修道院。儘管阿貝拉爾和愛洛綺絲未能相守，但仍然相互依戀，書信不斷，直到阿貝拉爾死去，這些書信成為法國文學的精品。愛洛綺絲和阿貝拉爾的故事哀婉動人，深深地打動了盧梭，於是創作了小說《新愛洛綺絲》。

在《新愛洛綺絲》中，聖普樂是一個品德高尚、學識淵博的優秀青年，他和貴族小姐茱莉・德丹茲相愛。然而，由於聖普樂出生貧寒，兩人社會地位懸殊，因而受到茱莉的父親德丹茲男爵的竭力反對，他不能忍受女兒嫁給一個平民。於是，在茱莉父親的授意下，經茱莉的表妹克萊爾和聖普樂的朋友、英國人愛德華的安排，聖普樂離開了茱莉，後來隨一支英國艦隊遠航。聖普樂走後，茱莉苦苦思念著他，但迫於父命，和一個與她在年齡及宗教信仰上都有極大差距的俄國貴族沃爾馬結婚。茱莉和聖普樂被迫分離，只有透過書信來傾訴真摯的情誼。小說圍繞著茱莉與聖普樂，以及他們與克萊爾、愛德華和沃爾馬之間往來的書信展開。後來，茱莉因跳入湖中救她的孩子而病逝。

在階級森嚴的封建社會，聖普樂的悲劇是必然的，儘管他內心充滿痛苦，卻無力抗爭。小說有力地抨擊了不平等的社會制度，深刻揭露出專制的暴力是人們追求民主、自由的死敵。

小說描寫茱莉和聖普樂之間純潔動人的愛情，描繪了大自然的美麗景色。在法國文學史上，啟蒙思想家盧梭第一個把愛情視為人類高尚的情操來歌頌，也是他首先把大自然的美麗風光寫進小說。小說採用書信體的形式，細膩地表現出主角在大環境的壓抑下，充滿痛苦、哀怨、矛盾的複雜感情。

國家圖書館出版品預行編目資料

少年維特的煩惱/約翰.沃夫岡.歌德(Johann Wolfgang von Goethe)著.
-- 初版. -- 新北市：漢欣文化事業有限公司, 2023.09
208面；21x14.7公分. -- (名著典藏版；3)
譯自：Die Leiden des jungen Werther
ISBN 978-957-686-871-9(平裝)

875.57　　　　112007966

　　定價220元

名著典藏版 3

少年維特的煩惱
Die Leiden des jungen Werther

作　　者 / 約翰・沃夫岡・歌德
（Johann Wolfgang von Goethe）
總 編 輯 / 徐昱
封面繪圖 / 古依平
封面設計 / 古依平
出 版 者 / **漢欣文化事業有限公司**
地　　址 / 新北市板橋區板新路206號3樓
電　　話 / 02-8953-9611
傳　　真 / 02-8952-4084
郵撥帳號 / 05837599 漢欣文化事業有限公司
電子郵件 / hsbooks01@gmail.com
初版一刷 / 2023年9月